KB115076

마in화산

용훈 新무협 판타지 소설

FANTASTIC ORIENTAL HEROES

마 in 화산 3

용훈 新무협 판타지 소설

초판 1쇄 찍은 날 § 2013년 12월 27일
초판 1쇄 펴낸 날 § 2014년 1월 3일

지은이 § 용훈
펴낸이 § 서경석

편집부장 § 권태완
편집책임 § 박가연
디자인 § 신현아

펴낸곳 § 도서출판 청어람
등록번호 § 제1081-1-89호
등록일자 § 1999. 5. 31
어람번호 § 제2-2444호

주소 § 경기도 부천시 원미구 심곡2동 163-2 서경B/D 3F (우) 420-822
전화 § 032-656-4452팩스 § 032-656-4453
http://www.chungeoram.com
E-mail § chungeorambook@daum.net

ISBN 978-89-251-3644-8 04810
ISBN 978-89-251-3468-0 (세트)

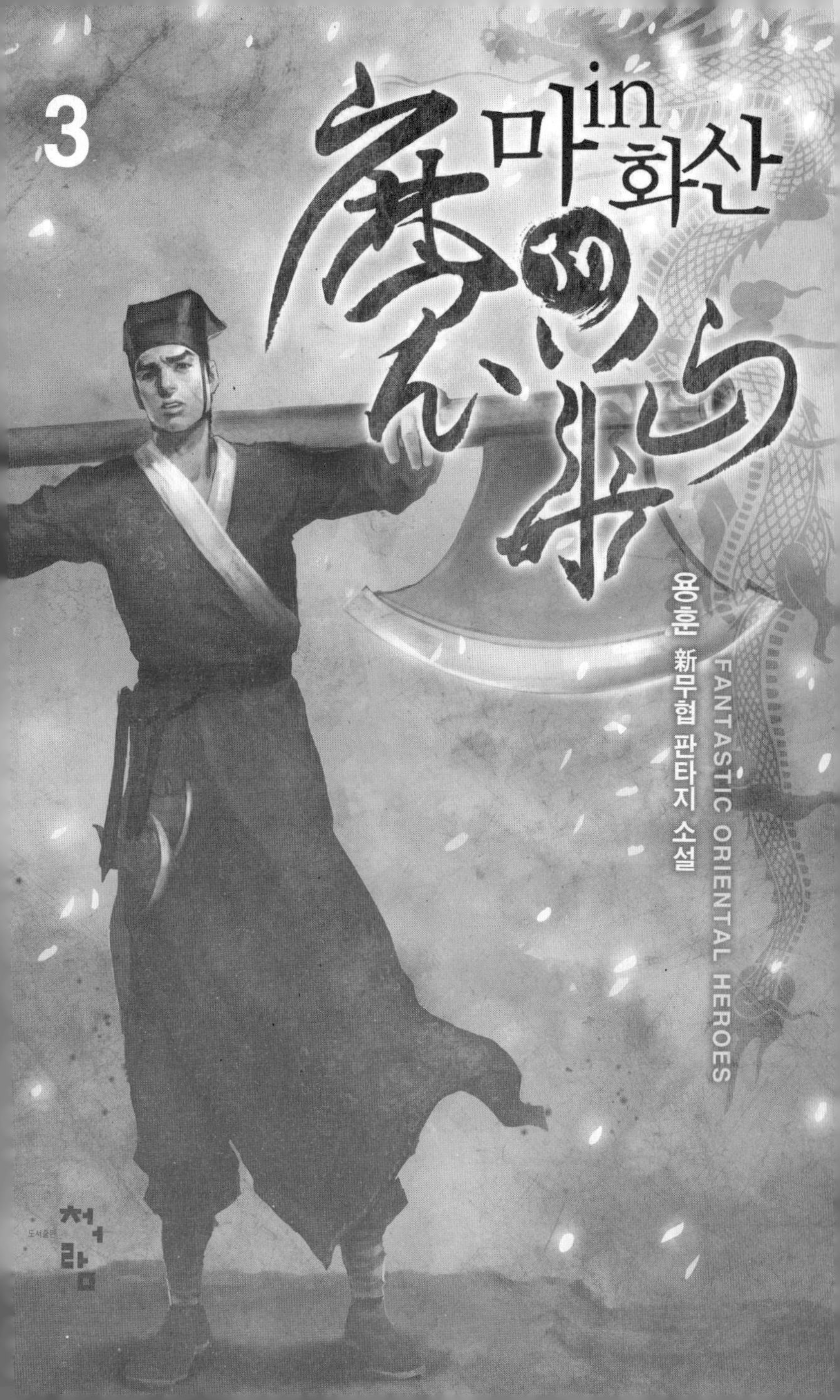
3
마 in 화산
용훈 新무협 판타지 소설
FANTASTIC ORIENTAL HEROES
도서출판 청어람

目次

第一章

"헉? 여, 여양… 종!"

　화산파 산문을 쳐다보던 중년 남자가 기겁해 비명을 지르다 손으로 입을 틀어막았다.

　찢어져라 치뜬 남자의 눈길이 산문의 처마 아래 대롱대롱 매달린 끔찍한 모습의 잘린 머리에서 떠나질 못했다.

　쿵! 부스스.

　뚜둑!

　여기저기서 귓속을 파고드는 기척이 들려왔다. 남자는 넋이 나간 눈길로 기척이 들려온 곳들을 쳐다봤지만 그뿐이었다.

건너편 바위 뒤쪽은 화북제일의 도가 세력으로 떠오른 남천궁의 제자가 은신해 있는 곳이고, 나무가 부러지며 추락한 감 방향에 있던 자는 천하제일방인 개방의 방도가 누워 있던 곳이다. 그리고 손 방향의 땅속에서 중년 남자만큼이나 놀라 은신해 있는 처지조차 있고 딸꾹질을 그치지 못하는 이는 하오문의 문도다.

그들이 본분을 망각하고 기겁해 기척을 드러낸 작태는 중년 남자로 하여금 목이 잘린 수급의 정체가 남도련의 이인자인 여양종이라는 사실이 착각이 아님을 증명해 주는 것이나 다름없었다.

'맙소사! 정말 여양종이란 말인가? 칠절패도가 진짜 죽었다구?'

중년 남자는 효수된 여양종의 수급을 보며 그의 죽음으로 인해 불어닥칠 미증유의 사태에 얼굴색이 하얗게 변했다.

'여, 여양종의 목을 치다니! 남도련의 화를 어찌 감당하려고. 화산파가 미친 것이 아닌가!'

그렇게 생각하는 것은 비단 중년 남자뿐만이 아니었다.

화산파 산문을 가까이 두고 곳곳에 은신해 있던 자들은 혼절했던 상황에서 시간차를 두고 의식을 회복하며 눈앞의 사태가 어떻게 된 것인지 머릿속이 터질 것만 같았다.

'이거 낭패로구나! 애초에 뭘 보고 듣기나 했어야 추측이라도 할 수 있지. 이거야 원!'

남도련의 여양종과 북검회의 장강옥이 나타난 것부터가 문제였다.

뭔가를 물어갈 정보가 생겼다는 것은 분명 반겨야 할 일이었지만 상대가 그들이 감당할 수준을 넘어선 거물이었기 때문이다.

장강옥은 젊은 신진임에도 불구하고 천룡검이라는 명호가 붙었을 정도로 감히 경시할 수 없는 고수였다. 게다가 검성의 하나뿐인 제자인 데다 북검회를 이끌 차기 수장으로 내정된 거물이다 보니 멀리서 동태를 살피는 것만으로도 살얼음판을 걷는 분위기였다.

거기다 초극강으로 분류된 강남무림의 절대자 칠절패도 여양종에겐 누구 하나 감히 백 장 안으로 들어갈 생각을 못했고, 심지어 무림에서 어깨 좀 턴다는 개방 방도들조차 삼백 장 밖에서조차 기를 갈무리하고 다닐 정도였다.

오죽하면 강남무림에서도 발군으로 손에 꼽으며 남도련의 책사 명견혜도 사마군의 조카이기도 한 섬영도룡 사마홍락의 신분이 그들의 눈에 차지 않을 정도였겠는가.

그러니 그들이 화산파를 방문했다 한들 중원 각파에서 화산에 급파한 무리는 이러한 사실만을 알고 보고할 뿐이지 그

간의 내막에 무슨 일이 있었는지, 어떤 대화가 오갔는지는 전혀 파악이 되지 않았다.

'천룡검이 업혀서 화산을 하산할 때부터 일이 터진 게 분명하다!'

중년인, 강남의 오대도맥(五大道脈)으로 손꼽히는 통회동(通會洞)의 제자 설수귀는 목에 걸린 가시처럼 내내 이상하다, 이상하다 여기던 기억을 끄집어내며 아차 싶었다.

사달이 나기 보름 전 즈음, 화산파 안으로 멀쩡히 걸어 들어갔던 북검회의 천룡검 장강옥이 돌연 동도 트기 전인 새벽에 수하들의 등에 업혀 도망치듯 화산을 빠져나간 것을 두고 이름이다.

장강옥의 모습은 설수귀뿐만 아니라 많은 다른 감시자에게도 상당한 혼란을 가져다주었고 그들의 윗선에 이에 대해 보고를 한 것은 당연했다.

하지만 장강옥을 뒤를 쫓은 자는 없었다. 그때까지도 여양종은 여전히 화산파 안에 있었고 풍운의 핵은 화산파였으니까.

그러다 여양종마저 무리와 화산파를 나오자 그때부터 그들이 바빠지기 시작했다.

그들이 화산파와 나눈 대화, 혹은 여러 가지 정황을 알아내 추론하기 위함이었다.

화산파 도사를 직접 포섭하려는 자, 화산파 도사들과 안면이 있는 화음현의 상인들, 화산파를 들락거리는 잡꾼들까지.

화산파 안의 풀 한 포기라도 뽑아낼 수 있는 방법이라면 닥치는 대로 수를 쓰고 돈을 썼다.

서로의 정체를 입에 담지 않는다는 무림의 오랜 암묵적 관례는 차치하고라도 감시자들 간의 보이지 않는 경쟁과 암투는 말할 건더기도 못됐다.

그러다 별안간 화산파의 원로 노도사들이 예복을 차려입고 단체로 화산을 하산해 성도인 서안으로 향하자 감시자들은 이게 웬 횡재인가 싶었다.

대놓고 담은 넘지 못하더라도 각자의 능력으로 화산파 안에 잠입해 취할 수 있는 것은 모조리 취할 기세로 다투듯 화산을 오른 것은 당연지사.

하지만 그들은 화산파 산문을 채 넘기도 전에 소스라치게 놀라 벼락이라도 맞은 것처럼 뿔뿔이 흩어져 몸을 숨겨야만 했다.

이미 하산한 지 오래라 장강을 넘었어야 할 여양종이 수라 십팔도객을 이끌고 화산 앞에 다시 나타난 것이다.

의문이고 자시고 할 것도 없었다. 살기충천하여 손에 칼을 들고 화산파 산문을 일도에 부수는 여양종의 모습에 모골이 송연해졌기 때문이다.

'화산파가 오늘로 끝장이 나는구나.'

모두가 그렇게 생각했다.

수라십팔도객이 지나간 곳에 생존자가 없고, 여양종이 손수 현판을 내린 곳치고 주춧돌을 남긴 문파가 없기 때문이다.

아니나 다를까.

화산파가 있는 곳으로부터 병장기가 충돌하는 소리가 들려오자 감시자들은 다소 창백해진 낯빛으로 숨을 죽였다.

중원무림의 탄생과 함께해 온 전통의 도맥이자 유서 깊은 명문, 화산파가 멸문하는 순간을 기다리며.

하지만 별안간 하늘이 쪼개지는 듯한 거대한 사자후가 화산을 뒤흔든 순간, 설수귀는 의식을 잃는다는 것조차 깨닫지 못한 채 정신을 잃었고, 눈을 떴을 때 확인한 것은 화산파의 멸문이 아닌 산문에 효수된 여양종의 목이었던 것이다.

이는 비단 설수귀뿐만이 아니었기에 저마다 정신을 차린 각파의 감시자들도 여양종의 잘린 머리를 보자마자 기절초풍한 것이다.

'이, 일단 여길 떠야겠다!'

서로가 대화 한 번 나누지 않았어도 똑같은 생각을 했다.

감히 가늠조차 할 수 없는 무적의 초인 여양종의 목이 날아간 판에 자신들이 언제 쥐도 새도 모르게 북망산천 저승길에 오를지 모른다는 공포가 엄습해 왔기 때문이다.

그들은 하나같이 화산파 제자는 둘째 치고 자신이 딛고 선 화산 자체가 두려워지기 시작했다.

'으으……!'

설수귀는 간담이 오그라들어 후들거리는 다리를 일으켜 세우지도 못했다. 그래도 사시나무처럼 떠는 손발로 기다시 피 해서 화산을 내려갔다.

그런 후에 내리 칠 일간 밤낮을 잊고 미친 듯이 남하해 단숨에 장강을 도하했고, 그때서야 안도의 한숨을 쉴 수가 있었다.

그것은 설수귀뿐만 아니라 다른 이들도 마찬가지였다.

그만큼 여양종의 죽음은 그들에게 충격적인 사건이었고, 그가 누구에게 어떻게 죽었든 화산파 산문에 내걸린 것만으로도 그들에게 화산은 두 번 다시 발 딛고 싶지 않은 두려움과 공포의 금지로 화했다.

*   *   *

지혜롭고 슬기로우며 책략에 있어서 누구 하나 주저하지 않고 손에 꼽는 자들이 있었다. 그리고 그들은 사람들의 입에 오르내리면서 으레 누가 더 출중한가를 두고 입씨름의 대상이 된다.

예를 들자면, 남도련에 명견혜도가 있다면 그에 대비되는 북검회의 통천심안(通天心眼) 좌문공의 이름이 당연한 듯 언급되는 것이다.

"대군사를 뵈옵니다."

"대군사."

좌문공은 사람들의 인사를 받는 둥 마는 둥 숫제 뛰다시피 발걸음을 옮겼다.

그의 얼굴은 초조한 가운데 당혹스러움과 놀라움이 뒤섞여 있었다.

그가 이런 표정을 짓는 것은 오래전 무쌍의 천하제일인으로 불린 용천장의 한천 연경산이 실종된 일 이후 실로 오랜만이었다.

중원삼대상권 중 하나가 일언반구 없이 용천장으로 등을 돌렸을 때도 그저 곤란하다는 듯 가볍게 눈썹 한 번 찌푸렸었고, 남도련의 기습으로 북검회의 강동무림 일대가 쑥대밭이 됐을 때도 피식 실소 한 번 흘린 그다.

잠시도 지체 없이 월동문을 여덟 개나 지나 그가 도달한 곳은 북검회의 중지가 아닌 바깥으로 통하는 커다란 대문 앞이었다.

강북무림의 검파 연합이기에 밤낮으로 식객이 들끓어 어지간한 성도의 시전보다도 오가는 사람이 많은 북검회의 정문.

하지만 해가 중천을 가르고 있는 오시(점심)에 정문으로 통하는 모든 길목이 발끝에서 머리끝까지 백색 일색이며 얼굴까지 백색 복면으로 가린 검수들에게 봉쇄되어 있었다.

대낮에 길목이 봉쇄됐음에도 의문을 담아 수군거리기는 할지언정 불쾌해하는 사람은커녕 누구 하나 감히 정문 쪽으로 가는 길목에 기웃거리는 이가 없었다.

북검회의 적을 둔 이들이라면 적어도 그 복장만 보고도 누구인지 아는 까닭이다.

북검회를 떠받치는 열두 기둥.

십이검천 중 서열 제삼좌를 차지하고 있는 검대.

유일하게 복면이 허락됐으며 어느 누구도 일절 신분이 드러나지 않은 바로 천강검대(天罡劍隊)만의 복색이었다.

좌문공이 발걸음을 멈추자 엄정한 눈빛을 뿌리며 일보 간격으로 서 있던 천강검대의 대열이 흩어지고 대열 너머에서 한 노검객이 다가왔다.

"왔는가."

"검군."

노검객은 북검회의 부회주인 천예검군 조문신이었다.

"흉수가 누굽니까? 내 당장……."

벌컥하는 좌문공의 말을 조문신이 손사래를 치며 막아 세웠다.

"그건 나중 일일세. 지금은 강옥이가 급하네."

"……!"

조문신의 말에 좌문공의 표정이 급격히 굳어졌다.

말인즉슨, 보고 받은 것보다 상황이 더 심각하다는 뜻.

그리고 그런 좌문공의 표정은 대문 앞 한가운데에 고개가 꺾여 의식을 잃은 채 가부좌를 틀고 있는 장강옥의 모습을 보며 더 심해졌다.

"저게 어찌 된 일입니까? 내상을 입기는 했어도 의식도 있고 운신도 할 수 있다고……."

"소리를 낮추시게."

나지막하게 중얼거린 조문신이 턱짓으로 장강옥의 뒤를 가리켰다.

장강옥의 뒤에 백발백염의 노인이 좌정해 앉아 있는데 정수리 부근에서 허연 김이 만두 찌는 솥처럼 펄펄 피어오르고 있었다.

좌문공이 보니 노인의 우수는 장강옥의 옥침혈에, 좌수는 명문혈에 바짝 붙어 있었다.

경황 중이라 장강옥밖에 눈에 들어오지 않았던 좌문공이 그제야 노인의 얼굴을 요모조모 뜯어보다가 놀라 더듬거렸다.

"저분은 동성국(東盛國) 조의선문(皁衣仙門)의 백학검선(白鶴劍仙)……."

조문신이 고개를 끄덕였다.

"잠시 볼일이 있어 중원에 발걸음 했던 차였네."

동성국은 동쪽의 작은 나라에 불과했지만 중원과는 궤를 달리하는 도문과 세속적인 유파의 뿌리와 세월이 측량할 수 없을 만큼 오래고 깊었다.

그중에서도 기북(起北)의 조의선문과 환중(桓中)의 청명(淸明), 착남(齪南)의 담로(擔魯)는 세인들에게 알려지지 않았으나 중원무문의 장문인과 가주들이 대대로 선조들로부터 반드시 알고 있어야 할 존재로 언급되어 왔다.

"급보를 듣고 마중을 나와 보니 강옥이 일행과 검선이 앞서거니 뒤서거니 들어오더군. 일이 일이다 보니 검선에겐 간단히 눈인사를 하며 양해를 구했네. 그런데 멀쩡히 걸어 들어오던 강옥이 돌연 혼절했네. 내가 얼마나 놀라겠나?"

좌문공이 그 말에 고개를 끄덕였다. 이미 지난 일을 듣는 것만으로도 그가 가슴이 철렁할 정도이니 오죽했을까.

장강옥은 그들에게 절대의 하늘인 검성의 제자이기도 하지만 검파연합인 북검회의 미래였다.

"그때 먼저 들어온 검선이 강옥이를 보더니, 진맥도 해보지 않고 '정력(定力)에 금이 갔소' 라고 외치며 날 밀쳐내더군. 그러고는 계속 저런 상태일세."

정력에 금이 갔다? 정력에 왜 금이 가?

좌문공이 고개를 갸웃거리며 미간을 찌푸렸다.

아니, 그보다 정력에 금이 간다는 것이 애초에 말이 되는
소리가 아니질 않은가.

정력이란 것은 사람이 갖고 태어나 죽을 때까지 함께하는
것으로 인위적으로 어찌할 수 있는 것이 아니다.

그것이 상식이고 진리였다.

간혹 슬픔이나 두려움이 과해 심신이 무너진 자를 두고 정
력이 상했다, 라는 말이 있지만 정력에 금이 갔다는 말은 없
었다.

"그게 무슨 소립니까?"

조문신은 좌문공의 반문에 쓴웃음을 지으며 고개를 흔들
었다.

그가 설명을 바라는 것이 아닌, 무슨 뚱딴지같은 소리냐는
어투로 물어본 것임을 알았기 때문이다.

통천심안이라는 별호가 붙었을 정도로 천하에 다시없을
지혜로운 자이긴 하나 이는 지식으로 아는 것과 전혀 별개로
깨달음의 문제였다.

말로써 설명할 수 없는 것이기에 조문신이 해줄 수 있는 것
이 없었다.

물론 그도 백학검선의 정력에 금이 갔다는 뜻을 어렴풋이 수긍할 정도이지 완전히 이해하는 수준에 도달해 있지는 못했다.

"자네도 들은 바가 나와 다르지 않을 테지만, 적어도 사소한 시비 따위나 순간의 방심으로는 저런 위중한 상태에 빠지진 않을 것이란 사실이겠지."

"……."

차분히 말하는 어조와 달리 조용히 시선을 옮기는 조문신의 눈초리는 얼음보다도 차갑게 가라앉아 있었다.

좌문공 또한 조문신이 응시하는 곳을 매서운 눈으로 노려봤다.

그곳엔 화산파에 사자로 장강옥을 호위한 현무단과 현무검주 조천상이 얼어붙은 표정으로 서 있었다.

"네가 사안의 중대함을 안다면 빼지도 또 보태지도 말아야 할 것이니라."

조천상은 대군사 좌문공의 싸늘한 말이 아니더라도 말 한마디 없이 자신을 내려다보는 최고 수뇌부 십 인의 눈길에 이미 식은땀으로 등허리가 축축이 젖은 상태였다.

"당시 속하는 의식을 잃은 상태라 현무단의 보고로만 상황을 알고 있습니다."

"그걸 지금 말이라고 하느냐! 무명지배도 아니고! 공자를 보필하는 사대검주나 되는 자가 의식을 잃고 있었다니! 대체 뭘 하고 있었단 말이냐!"

거대한 의사청 안이 노한 좌문공의 호통 소리로 쩌렁쩌렁 들썩였다.

냉정하고 차분하기로 유명한 좌문공이 흥분한 것과 달리 젊어서나 늙어서나 변함없이 성정이 불같고 직설적이라는 조문신이 오히려 차분하게 물었다.

"강옥이를 저리 만든 게 누구냐."

조천상은 부회주의 물음에 긴장으로 꿀꺽 침부터 삼켰다.

"화산파의 검신이었습니다."

"……!"

북검회의 요인들은 장강옥에게 심각한 부상을 입힌 장본인이 백 년 만에 현신했다는 전대의 천하제일인 화산파의 검신이란 말에 얼굴빛이 굳어졌다.

"네가 그 말의 무게를 책임질 수 있느냐? 차후의 일을 생각한다면 한 치의 거짓도 없어야 할 것이다."

어느새 흥분을 가라앉힌 좌문공의 으름장에 조천상이 어느 안전이라는 듯 고개를 조아리며 다시 한 번 확언했다.

"틀림없는 화산파의 검신이 맞사옵니다."

"……."

"으음!"

"감히……."

"화산파 이놈들이!"

조천상의 말에 몇몇이 작게 신음하기는 했지만 대부분은 분기 가득한 표정을 지으며 대전 안이 순식간에 진득한 살기로 가득 피어올랐다.

조천상은 그런 분위기를 살피며 입술을 잘근잘근 깨물었다.

단도직입으로 결론부터 꺼내 든 그였으나 간단히 몇 마디 말로 설명하기 어려운 당시의 상황을 제대로 설명하려면 단 한순간의 망설임이나 더듬거림도 없어야 하기 때문이다.

"검신이 원인이긴 하지만 고의성은 없었습니다."

"……?"

북검회의 원로들이 그건 또 무슨 소리냐는 의문 섞인 표정으로 한결같이 쳐다봤다.

"당시 현무단이 목격한 바에 따르면 원인을 제공한 이가 따로 있고, 장 공자는 어찌할 사이도 없이 순식간에 휘말린 것으로 보입니다."

좌문공이 눈살을 찌푸렸다.

조천상의 말투와 내용만으로도 생각보다 일이 꼬여 있다는 것을 직감한 그는 주위를 환기시키는 한편 경고성 발언을 내렸다.

"감히 어느 안전이라고 사견을 내뱉느냐. 판단은 원로들이 내릴 것이다. 사실만을 고하라."

그리고 조천상의 이어지는 말은 좌중의 예상을 깨뜨리는 한 인물의 이름이 거론되며 질식할 것 같은 침묵을 가져왔다.

"화산파의 검신이 손을 쓰게 된 원인은 예상치 못한 남도련의……."

"사망림에서 아직까지도 기별이 없는 것이 아무래도 마음에 걸립니다."

다소 우려스러운 표정으로 말하는 서 총관에게 연산홍은 여전히 무명천으로 난초 잎을 하나하나 닦아내던 손길을 멈추지 않으며 대꾸했다.

"알릴 것이 없으니 연락이 뜸한 것이겠지요."

"하지만 아가씨, 북검회에서 천룡검 장강옥까지 사자로 보냈는데 이렇다 할 서찰 한 장 없다는 것은 좀……."

"오랫동안 생각하면 추측이 걱정으로 변하고, 생각이 깊어질수록 그만큼 고민도 깊어지는 법입니다."

그러나 서 총관은 연산홍이 유독 화산파에 관한 일을 너무 가볍게 보는 것이 아닌가 하는 생각을 하고 있었다.

"알릴 것이 있든 없든 그것을 판단하고 구별 짓는 것은 용천장입니다. 또한 사망림은 일을 이런 식으로 하지 않는 자들입니다."

결국 연산홍이 난초를 닦던 손길을 멈추고 작은 한숨을 내쉬며 서 총관을 돌아봤다.

"지금 제가 화산파에 관한 일을 너무 안일하게 대처한다고 여기고 계시지요?"

정곡을 찌르는 연산홍의 말에 서 총관이 그만 뜨끔했다.

"검신이 화산파의 문인들을 불러 모으고, 북검회가 화산파에 관심을 가지기 시작했지요. 예, 시선을 주고 귀를 기울여 볼 일입니다."

"……."

"하지만 그 이상은 아닙니다. 화산파가 무엇을 도모하든 그것이 당금 무림의 판도에 어떤 변화를 가져오는 것도 아니고, 우리 용천장이 화산파를 주시하며 당장 무엇을 준비해야 하는 것도 아니듯이."

고요하지만 예기가 서린 말에 서 총관이 고개를 숙이며 자신의 과했던 기우를 인정했다.

"사망림으로부터의 소식은 천천히 기다리리로 하지요. 때가 되면 자연히 소식이 당도할 테니까요. 화산파는 화산파일 뿐입니다."

한 치의 흔들림도 보이지 않는 연산홍의 맑고도 깊은 눈동

자가 그녀의 변함없는 냉철함과 현기로움을 대변하듯 서 총
관을 직시하며 말했다.

"한낱 옛 문파가 잠시 떠는 소란에 깊이 생각하고 헤아리
는 것은 용납할 수 없어요. 여긴 용천장입니다."

서 총관은 허리를 숙여 고개를 조아리는 것으로 대답을 대
신했다.

*　　　*　　　*

사마홍락은 제정신이 아니었다.

기적적으로 사지 멀쩡하게 화산을 빠져나오긴 했지만 극
도의 공포와 두려움이 그의 이성을 마비시켰기 때문이다.

그에게 있어서 여양종이 누군가에게 반항 한 번 못하고 피
떡이 돼 죽어나간 장면은 충격이나 공포 따위로 말할 수준의
것이 아니었다.

그랬기에 사마홍락은 무려 열흘이 넘어가도록 단 한 번도
뒤를 돌아보지 않고 앞만 보고 질주했다.

뒤를 돌아보면 염세악이 저승의 판관처럼 따라오고 있을
것 같은 두려움 때문이었다.

남쪽으로, 남쪽으로.

쉬지 않고 달리는 내내 길가의 오래된 바위를 봐도 경기를

일으켰고 머리 위로 날아가는 날짐승의 날갯짓 소리에도 소스라치게 놀라 안색이 시커멓게 죽을 정도였다.

여양종을 죽인 검신이 혹시나 마음이 바뀌어 자신을 죽일까 싶어, 사마홍락은 인적이 드문 야산과 사람이 오간 적이 없는 길을 마구잡이로 헤쳐 나갔다.

그러니 잠은 제대로 이룰 수 있었겠는가.

짐승의 기척은 말할 것도 없고, 바람에 부스럭거리는 수풀과 나무의 소리나 풀벌레 소리에도 끝없이 주변을 두리번거리며 날이 갈수록 심신이 피폐해져 갔다.

그래서 자신이 이미 며칠 전에 장강 이남을 넘어 남도련의 세력권 안에 안전하게 들어왔다는 사실조차 인지하지 못했다.

제정신으로 보이지 않는 불안한 행동과 피골이 상접해진 모습이다 보니 설사 가까운 지인이더라도 그를 못 알아볼 지경에 이르렀다.

그의 외견 어디에서도 강남무림에서 후기지수로는 세 손가락 안에 든다는 섬영도룡의 오만한 기품과 고아함은 찾아볼 수가 없었기 때문이다.

그러다 사마홍락은 한 산기슭에서 일단의 상인 무리를 발견한 뒤 그들의 대화를 듣고 자신이 어느새 장강을 넘어 호북과 안휘의 접경 지역까지 내려온 것을 알았다.

여전히 검신에 대한 두려움은 벗어나질 못했지만 그래도 남도련의 땅 안으로 들어왔다는 일말의 안도감이 그로 하여금 한 가닥 이성을 회복케 했다.

하지만 생각이 생겼다고 해서 그것이 평소의 그다운 정상적인 사고일 리는 없었다.

사마홍락은 즉시, 가장 가까운 고을을 찾아 헤맸다.

그리고 규모가 아주 작은 전서방을 발견하곤 떨리는 손으로 휘갈겨 쓴 후 곧바로 전서구를 날렸다.

그의 숙부인 사마군에게 보내는 것이었다.

*   *   *

화산파 곳곳에 자리한 전각 중 가장 크고 화려한 자운전 앞 뜰에 높다란 단이 세워졌다.

늙은 장로부터 어린 제자까지 저마다 준비한 장작 나무를 정성스레 그 단 위로 올려놓았다.

머리 허연 노 도사들은 파리한 안색으로 나무를 올리면서 점점 높아지는 제단을 몇 번이고 쓰다듬었고, 청년과 소년 도사들은 하염없이 눈물을 흘렸고, 아이들은 그저 훌쩍거렸다.

높다란 제단이 완성되고 그 위에 평화로운 웃음을 머금은 장평의 시신이 놓였다.

"장평아—!"

"사제!"

"막내야!"

정풍곡에서 달려온 일대제자들은 화산파 안으로 들어서자마자 장평의 시신을 보곤 대성통곡했다.

갓난아기 때부터 돌아가며 품에 안고, 밥을 떠먹이고, 잠을 재웠으며, 장평을 등에 업고 무공을 연마하지 않은 일대제자가 없었다.

평생을 수도에 전념해 온 그들에게 그렇게 업어 키운 장평은 친 혈육이나 다름없는 존재였다.

일대제자들의 등장과 오열을 지켜보며 도문 화산파의 장례 절차가 시작됐다.

창백한 안색으로 의자에 기대 있는 장문인 진무를 대신해 대장로 손괴가 축문을 펼쳐 들었다.

"화산파……."

손괴는 축문의 첫 줄을 읊조리기도 전에 목이 메여 힘겹게 눈물을 삼켰다.

"…일대제자 장평은 생사를 돌보지 않고……."

송자건 등의 일대제자들은 붉어진 눈시울로 대장로를 쳐다봤다.

이대제자로 항렬이 강등된 장평이 죽어서야 신원이 복권

된 것이다.

화르르르르!

장작더미에 불길이 치솟으며 비단으로 짠 대괘복을 입은 장평의 시신이 타들어갔다.

염세악은 목 놓아 우는 화산파 제자 무리에서 멀찌감치 떨어져 검은 연기를 피워 올리며 재로 변해가는 장평을 쳐다봤다.

이 갑자 세월을 훌쩍 넘게 살아온 염세악이었지만 같이 숨 쉬고 같이 밥을 먹으며 아옹다옹하던 누군가가 죽어서 곁을 떠난다는 것이 낯설기만 했다.

천살마군이었던 자신 옆에 사람이 있어본 적이 없었기 때문이다.

간장이 끊어지고 심장이 타들어가는 낯선 감정의 소용돌이에 염세악은 숨이 막혔다.

하늘이 내려앉아 온몸을 찍어 누를 것 같고, 땅속 깊은 곳에서 사지를 끄집어 당기는 것 같았으며, 들이쉬고 내쉬는 숨결마저 비수가 되어 폐부를 난자하는 것 같았다.

부모가 죽으면 산에 묻지만 자식이 죽으면 가슴에 묻는다는 말이 그처럼 뼈에 사무칠 수가 없었다.

장평의 타들어가는 시신에서 피어나는 검은 연기가 자운전 위 하늘을 덮었으며 그 비통함을 염세악은 쉽사리 떨쳐낼 수가 없었다.

그러나 화산파의 제자들은 조금 달라 보였다.

슬픔 속에 장평을 떠나보내면서도 분노하는 이를 찾아보기 어려웠다.

모든 사달의 원흉인 여양종이 죽었고, 복수라는 삿된 감정과 거리가 먼 도문의 제자들이기에 죽은 장평에 대한 애도만이 길게 이어질 뿐이었다.

충분히 이해할 수 있는 일이었다.

'그래, 너희는 너희의 방식대로 장평을 보내주거라.'

겨우 몇 달을 알고 지낸 어린 녀석이 죽었는데 백 살이 넘은 손발이 떨려왔다.

고작 몇 달이다. 그깟 몇 달.

봤으면 얼마나 봤고, 알면 얼마나 안다고.

메마른 웃음이 입꼬리에 걸렸다.

'나는 너희처럼 여기서 그칠 수가 없구나.'

그저 잘 가거라 인사하고 잊기엔 짧았던 인연이 애통하고 그렇게 보낸 것이 원통했다.

'나는 내 방식대로 그 녀석을 보내주마.'

염세악은 화장하는 장평의 제단을 뒤로하며 조용히 몸을 돌렸다.

'남도련을 지우면서 녀석도 지우는 것으로.'

그것이 장평을 보내주는 화산과는 다른 자신만의 방식이었다.

'왜냐고 묻는다면 나는 도사가 아니기 때문이다.'

*　　*　　*

끄으아아아아악—!

화산파 경내를, 아니, 화산 전체를 뒤흔드는 것 같은 끔찍하고도 처절한 비명.

"으음……."

대장로 손괴를 비롯한 화산파 원로들이 자운전 처마 아래서 북방의 어둠 속을 바라보며 신음성을 흘렸다.

비단 원로들만이 아니었다. 늦은 시각이라 벌써 쇠약해진 몸을 침상에 눕혔어야 할 장문인 진무도 의자에 몸을 기댄 채 창백한 표정을 짓고 있었으니까.

본래 그들을 수행해야 할 일대제자들이 정풍곡에서의 폐관수련에 들면서 이대제자 중 첫째인 조세걸이 대신해 왔었다. 하지만 현재 조세걸은 여양종과의 사투로 엄중한 중상을 입어 운신조차 불가능했다.

이 때문에 조세걸의 바로 아래 항렬인 표심강과 진세현이 원로들을 수행하고 있었는데 둘은 밤을 찢어발기는 비명 소리에 얼굴색이 하얗게 질렸다.

"대체 어쩌시려고 저런……."

옥허궁의 서림이 차마 입에 담기가 무서운 듯 말을 잇지 못하며 우려스러운 표정을 감추지 못했다.

"어쩌긴 뭘 어쩌오? 당연히 쳐 죽일 심산이신 게지."

"……!"

순간 얼음장처럼 차가운 목소리로 대꾸해 오는 직설적인 언사에 모두가 흠칫했다.

목소리의 주인은 쇠락해 가는 화산파에서 최고수로 인정받는 침정궁의 신응담이었다.

"그게 무슨 말이냐? 태사조께서 삿된 감정에 치우쳐 저항도 못하는 자들에게 살수라도 쓰신다는 뜻이냐?"

"……."

신응담은 말을 하는 손괴를 뚫어지도록 쳐다봤다.

표심강이 보기에 대장로 손괴는 다소 노기가 올라온 표정이었다.

하지만 침정궁주 신응담의 차갑기만 한 표정과 눈빛은 그가 무슨 생각을 하고 있는지 전혀 짐작이 가지 않았다.

항상 감정보다 먼저 표정으로 앞서던 그의 불같은 성정으로 볼 때 아주 낯선 경험이 아닐 수 없었다.

결국 시선을 먼저 피한 것은 신웅담이었다.

겉으로 보기엔 손괴의 노기에 신웅담이 고집을 꺾은 것으로 보였다.

하지만 이렇게 끝난다면 그것 또한 신웅담답지 않은 일이었다.

"저거, 우리 들으라는 소리요. 태사조님 말씀이라면 당신 똥오줌에서 매화향이 난다 해도 믿을 사형들이 그것도 모르오?"

"……?"

그러나 신웅담의 영문 모를 말은 손괴 등을 오히려 더욱 어리둥절하게 만들었다.

평소 사리가 분명하고 생각이 깊은 장문인 진무조차도 마찬가지이자 신웅담은 한숨과 함께 고개를 흔들며 소매를 내저었다.

"난 알아들었으니 그만 가렵니다. 수고들 하시구려."

진무 이하 손괴 등은 대답할 여유조차 주지 않고 어둠 속 저편으로 멀어져 가는 신웅담을 보며 눈만 껌벅거렸다.

표심강이 그런 장문인과 장로들의 눈치를 살피며 생각했다.

'평소 태사조를 지지하고 따르던 장문인과 장로들은 태사조의 뜻을 헤아리지 못하고 있는데, 사사건건 반대를 일삼고

토를 다시던 신 장로가 태사조께서 어찌 저러시는지 그 뜻을 알고 계시다는 뜻인가?

표심강만의 생각이 아니었다.

진무도, 손괴 이하 장로들도 모두 그와 같은 생각을 하고 있었기 때문이다.

*　　　*　　　*

'여양종이… 칠절패도 여양종이… 남도련의 그 여양종이 이곳 화산파에서 홀로 뼈를 묻을 줄이야!'

흉사를 겪은 화산파에 여전히 목 아래로 몸을 땅에 파묻힌 채 영어의 하루하루를 보내고 있는 육조는 이제는 하루하루가 지옥의 무저갱에 빠지기 직전인 낭떠러지 위에 서 있는 것처럼 불안하기 짝이 없었다.

무림 최고의 음자(陰者) 집단인 사망림(死網林)의 림주로서 무음살왕(無音殺王)이란 공포의 별호까지 수식되는 그였지만 남도련의 여양종이 단 일수에 피떡이 되던 모습은 공포 그 자체였다.

그 대단한 초인의 반열에 오른 무인으로 불렸던 여양종의 사인이 반항 한 번 못 해보고 맞아죽었다는 사실은 육조에게 검신이란 존재에 대해 전혀 다른 차원의 두려움을 안겨다 주웠다.

끄으아아아악—!

육조는 미풍에 실려 귀청으로 선명히 박혀드는 비명 소리
에 옴짝달싹도 못하는 몸을 부르르 떨었다.

비명이 들려오는 진원지는 화산파가 죄인들을 가둬두는
북쪽 절벽의 폐심옥(閉心獄).

비명의 주인이 대강남북의 무림인들이 저승사자보다 더
두려워하는 여양종의 수족, 수라십팔도객이기에 더욱 몸서리
가 쳐졌다.

여양종이 없어도 그들 열여덟이면 중소문파는 한 식경을
버티지 못한다는 무서운 도객이자 죽음을 몰고 다니는 살인
귀들이다.

육조는 살수지왕이다. 사람을 죽인 수만 해도 헤아릴 수 없
을 정도고 죽어가는 것을 본 것도 하늘에 수놓아진 별만큼은
될 것이다.

그래서 육조는 바람에 실려오는 비명 소리가 여느 비명 소
리와는 격이 다름을 알 수 있었다.

그것은 상식의 범주를 벗어난, 상상을 넘어선 고통 가득한
울부짖음이었다.

심장이 쥐어짜이고 골수가 부풀어 올라 터질 듯한 극한의 고통.

"으음……."

육조의 눈이 폐심옥이 있는 방향에서 떨어질 줄을 몰랐다.

시작점은 분명했다.

해가 떨어지기 전, 무표정한 모습으로 폐심옥이 자리한 방향으로 느릿느릿 발걸음을 옮겼던 이는 검신뿐이었으니까.

"제법… 이군."

육조는 홀로 있을 뿐인데도 괜스레 중얼거리며 대범한 표정을 지었다.

'본좌는 육조다. 대사망림의 주인이자 살수지왕이며 무음살왕이란 별호로 공포로 군림하는 육조.'

애써 자위한 육조는 검신이 도사의 신분이긴 해도 마음이 독해지고 손속이 잔인해질 수도 있다고 수긍했다.

칠절패도와 수라십팔도객의 침입치곤 겨우 단 한 명의 사상자를 내긴 했지만 하마터면 화산파가 절단이 날 뻔했으니 당연하지 않은가.

'아암! 저 정도 고문쯤이야 강호초출 수준이지. 뭐, 들어줄 만하……'

끄으아아아아악—!

"……!"

부르르르.

육조는 자부심에 찬 의지와는 반대로 풍이라도 맞은 것처럼 파르르 경련하는 자신의 한쪽 눈꺼풀을 힐끔 쳐다봤다.

"……."

그때 급박한 발걸음 소리가 들리더니 화산파의 젊은 제자 둘이 쌩하니 육조를 지나쳤다.

'폐심옥을 지키는 애송이들이 아닌가?'

육조는 순간적이긴 했지만 그들의 하얗게 질려 있던 낯빛을 떠올렸다.

마치 귀신이라도 본 것 같은 표정이었다.

한 식경이 좀 지났을 무렵, 달음질쳐 사라졌던 두 제자가 이번에는 호호백발의 화산파 원로들을 줄줄이 매달고서 폐심옥을 향해 달려갔다.

그러나 채 반각이 지나기도 전에 모두가 사색이 된 얼굴로 사지를 경련하며 다시 되돌아가는 것이 아닌가.

끄으아아아악—!

"……!"

육조가 소스라쳐 폐심옥 방향을 쳐다봤다.

"……."

꿀꺽.

침이 고이기는커녕 가뭄의 갈라진 땅거죽처럼 바짝 마른 입안임에도 불구하고 육조는 저도 모르게 들숨과 침을 한꺼번에 삼켰다.

육조 평생 그렇게 긴 밤은 처음이었다.

그리고 마침내 여명이 밝아올 무렵 폐심옥 방향에서 자박거리는 발걸음 소리와 함께 염세악이 나타났다.

새벽이슬을 밟으며 나오는 염세악이 힐끗 준 눈길에 육조가 본능적으로 발작하듯 고개를 숙이며 눈을 깔았다.

육조도 사람이다. 살수라고 해서 두려움이 없는 것은 아니다.

하지만 염세악의 눈길을 받은 육조의 감정은 두려움이라고 명징하게 말할 수 없었다.

그가 느낀 감정은 너무 오랜만이라 낯설어 그 자신조차도 그것이 무엇인지 금방 알아채지 못했기 때문이다.

하지만 육조는 그것이 무엇인지 오래지 않아 깨달았다.

'젠장! 나 무음살왕 육조가…….'

육조는 금이 간 자부심에 욕지기를 내뱉었다.

나이 열둘에 사망림에 끌려와서 대면한 살수들에게 고개

도 들지 못했던 때.

바로 그것이었다.

그리고 그것은 육조 자신이 염세악에게 기가 눌렸다는 것을 뜻했다.

열 손가락을 몇 번이나 쳇바퀴 돌아도 헤아릴 수 없을 정도로 사선을 넘어온 그였다.

그래도 두려움은 가질지언정 누군가에게 기가 죽은 적은 없었다.

암살 대상자가 어마어마한 자라서 두려움에 미칠 것 같아도 심장을 쑤셔 박는 비수를 쥔 손은 단 한 번도 떨어본 적이 없기 때문이다.

들어가면 시체가 돼서 나온다는 칠대금지(七大禁地)와 아예 생사조차 확인할 수 없다는 사해(死海)에서도 생환한 그다.

그곳은 만물의 이치와 인간의 상식으로는 불가해한 것들이 넘쳐나는 곳이었다. 그래도 육조는 멀쩡한 정신으로 살아돌아왔다.

사망림의 림주에 오르기 전까지 역대 림주들보다 세 곱절에 이르는 장장 십 년에 걸친 암살 위협을 견뎌낸 것도 육조뿐이었다.

그런데 검신의 눈길 한 번에 기가 죽어버렸다.

그동안 개차반 성질이 폭발해 자신을 두들겨 팬 것도 아니고, 죽이네 살리네 하는 위협을 받은 적도 없었다.

그런데도 육조는 검신이 무서워졌다.

염세악이 폐심옥으로 발걸음 한 그날 저녁.

육조의 고개가 부러질 듯 꺾이며 자신의 귀를 의심했다. 아스라이 들려오는 저 소리는 분명.

"……!"

<u>으흐흐흐흑!</u>

'맙소사?'

육조가 아연실색한 표정으로 변해 입이 쩍 벌어졌다.

'우는 소리 아닌가? 수라십팔도가 운다고? 저 수라십팔도가?'

<u>으흐흐흐흑!</u>

하지만 잘못 들은 것이 아니었다.

게다가 울부짖는 소리에 뒤섞여 희미하게 들리는 소리는 분명 '살려달라'와 '차라리 죽여달라'는 외침이었다.

부르르르르.

'겨우 이틀 만에?'

이틀이다.

겨우 이틀.

이십 년도 아니고 이 년을 버틴 것도 아니고 폐심옥에 갇히고 나서 검신 늙은이에게 어떤 종류의 물고를 당하기 시작한 지 이제 겨우 이틀째다.

그런데 죽음과 공포의 대명사로 알려진 십팔도객이 겨우 이틀을 못 넘기고 살려달라, 아니면 죽여달라 울부짖고 있다.

해가 지고 밤이 되면 뒷골목의 애송이들보다 더 처참한 비명을 지르고, 그보다 더 치욕스러운 목숨 구걸을 비명처럼 울부짖는 소리가 끊이지 않았다.

이제는 발걸음 소리만 들어도 심장이 쿵 내려앉을 것만 같은, 바로 그 검신이란 늙은이가 해만 졌다 하면 폐심옥으로 발걸음 한 후 벌어지는 일이다.

고문을 당하고 살려달라, 죽여달라 애걸복걸하는 자들은 수라십팔도객인데, 육조의 낯빛도 시시각각 시커멓게 죽어갔다.

육조는 근 이틀 사이에 십 년은 더 늙은 듯 낯빛이 파리함과 창백함에서 벗어나질 못했다.

자박. 자박.

사흘째 저녁에 접어들었을 때 육조는 발걸음 소리만 들어도 그 소리의 주인이 염세악인지 아닌지 알 수 있을 정도였다.

그리고 기척이 들려오면 본능적으로 그의 숨소리와 안색부터 살폈다.

수라십팔도객은 염세악에게 죽어나가며 곡소리를 냈지만 정작 육조 자신은 손찌검 한 번 받지 않은 상황에서 고분고분 길들여져 가고 있음을 자각하지 못했다.

딱히 이유를 설명할 순 없었다.

그냥 검신의 그림자만 봐도 숨 쉬는 소리를 죽이고 눈은 아래로 깔아 올려다볼 엄두도 나질 않으니까.

힐끔.

염세악이 지나다 말고 고개를 숙이고 있는 육조를 잠시 응시했다.

육조는 고개를 숙이고 있어 볼 순 없었지만 본능적으로 몸을 바르르 떨었다.

살수 최고의 경지인 무심살(無心殺), 허공재(虛空在), 육천망(六天網)의 능력으로 염세악이 자신에게 시선을 주고 가는지 안 주고 가는지 눈치를 살피는 데 전력을 다했기 때문이다.

육조는 낮에 멀리서 화산파의 젊고 어린 도사들이 수군거리는 것을 들었다.

폐심옥 주변의 모든 길목을 폐쇄하고 그 누구도 접근을 불허한다는 명이 떨어졌다는 것을.

일이 이렇게 되자 폐심옥뿐만 아니라 주변까지 화산파 제자들이 얼씬거리지 않게 되고 이에 덩달아 머리만 빼놓고 길한가운데 땅속 깊숙이 묻혀 있는 육조까지 사람 그림자 하나 구경하지 못하게 된 것이다.

흐으아아아악—!

"······!"

밤하늘을 찢어발기는 단말마 비명 소리에 육조가 작살 맞은 물고기처럼 퍼르르 온 전신을 떨었다.

'으으······!'

죽었다.

육조는 두려운 눈으로 폐심옥을 바라보며 그렇게 단언했다.

지금 들려온 비명 소리는 이제까지 들려오던 고통에 의한 것도, 두려움에 의한 것도 아니었다.

'틀림없다! 기어이 죽어나가는구나! 검신이라더니 어찌 속

인들처럼 그리도 독심에 저리 잔인할 수가……'

육조는 두려운 가운데서도 치를 떨었다.

의뢰를 받아 수단과 방법을 가리지 않고 사람을 죽이는 살수인 육조가 자신의 신분을 망각하고 염세악을 비난했다.

아무리 그 죄다 크다손 치더라도 사람을 저리 괴롭히다가 결국에는 죽여 없애 버리는 행사가 이름 높은 도문인 화산파의 도인으로서, 또한 전대 천하제일인이며 검신으로 불린 일대고인으로서 취할 바가 아니라고 여겼기 때문이다.

'사파 놈들도 저렇진 않을 거다. 죽이려면 단숨에 죽여 원한을 풀고 복수를 할 것이지, 검신의 본색이 저리 악독할 줄이야!'

흐으아아아악─!

흐아악─! 흐으아악─!

하지만 곧이어 연달아 들려오는 단말마 비명 소리에 육조의 그런 비난 어린 생각도 뚝 끊기고 말았다.

죽은 게 아니었는데 죽은 자의 소릴 낸 것이다.

자박. 자박.

"……!"

육조의 눈이 튀어 나올 정도로 불거지며 폐심옥 방향을 쳐다봤다.

아직 새벽이 되려면 한참 남아 있었는데 검신의 기척이 들려와서다.

새벽은커녕 자정도 되지 않은 시각.

어스름한 달빛을 받으며 나타난 염세악이 멀리서부터 걸어오는데 육조는 머릿속이 하얘질 정도로 공포에 빠져들었다.

걸어오는 검신의 시선이 평소와 달리 유난히 자신을 직시하고 있음을 느낀 탓이다.

'으으… 설마……?'

그때, 거리가 가까워진 염세악이 손으로 코 밑을 훔치는데, 손길이 스치고 지나가자 염세악의 얼굴 반이 시뻘건 피로 물들었다.

"흑……?'

심장이 쿵 내려앉는 것 같은 충격과 함께 육조가 찬 숨을 들이켰다.

턱.

불길한 예감대로 느릿느릿 걸어온 염세악이 육조를 지나치지 않고 그의 앞에 멈춰 섰다.

그리고 육조를 내려다보며 입을 열었다.

"넌……."

그때 육조가 파묻힌 몸이 아니라면 숫제 오체투지를 할 기세로 대가리를 땅에 맹렬히 찍어대며 소리쳤다.

"뭐, 뭐든 물어보십시오! 다 불겠습니다."

"깜짝이야! 뭐?"

오히려 갑자기 고함치는 육조의 기세에 염세악이 화들짝 놀라 움찔했다.

하지만 이미 이성을 상실한 육조의 뒤집힌 눈에는 뵈는 게 없었다.

"뭐든 시키면 다 하겠습니다! 절대 충성하며 견마지로를 다하겠습니다!"

염세악은 저게 왜 저러나 하는 표정을 지었다. 거의 발악하 듯 외치는 모양새가 저러다 피라도 토할 기세였다.

"부디! 우리 사망림을 보존해 주십시오! 화산파에 관련된 일이라면 대를 이어서 어버이처럼 섬기고 주군의 예로써 일편단심! 구마지심! 진충갈력! 결초보은하겠습니다!"

"……?"

염세악은 땅에다 머리를 쿵쿵 찍어대는 육조를 멀뚱거리 며 쳐다봤다.

'이 자식이 지금 무슨 말을 하는 거야? 일편단심은 무슨 뜻 인지 알겠는데 구마 뭐? 진, 진충?'

원래 염세악은 마음도 심란하던 차에 요 며칠 길을 오가며 육조를 한 번씩 볼 때마다 어찌할까 고민하던 중이었다.

누군가의 첩자로 화산파에 잠입한 것이겠지만 딱히 화산파에 어떤 위해를 가한 것도 아니고 손해를 끼친 것도 없으니 담을 넘었다는 것 말고는 죄라고 할 것도 없었다.

딱 봐도 평범한 도둑은 아니고 살수 냄새가 풀풀 나서 경지로 봐선 이름깨나 알려진 놈일 거라 생각했지만 그뿐이었다.

요 며칠 정도면 고생 좀 했으니 두 번 다시 화산파 담을 넘을 엄두는 내지 않겠지 하고, 마음먹은 김에 풀어주려 왔더니 갑자기 이리 나오자 염세악이 어리둥절해하는 것은 당연했다.

"…남도련을 지우신다고 하신 말씀을 저도 들었습니다!"

"……?"

"무림에 저만큼 남도련에 대해서 아는 자는 없다는 것을 맹세할 수 있습니다!"

"흠?"

"어디에 뭐가 있고 누가 어디에 있는지 모조리 꿰고 있습니다! 반드시 도움이 될 것입니다!"

"……!"

반 호기심이던 염세악의 표정이 진지하게 변했다.

"거길 안다구?"

육조는 염세악의 반문에 반응이 왔다고 여겼는지 미친 듯이 고개를 끄덕였다.

뭐가 어찌 됐든 염세악은 그 와중에도 챙길 것은 터럭만큼도 놓치지 않고 챙겼다.

"가만! 가만? 호오!"

염세악이 턱밑을 쓰다듬으며 호기심 가득한 표정을 지었다.

"사망림? 거기서 왔어?"

"……!"

순간 육조가 얼굴색이 흙빛으로 변해 고개를 번쩍 들었다.

'이, 이런!'

뒤늦게 자신의 실태를 깨달은 육조는 하늘이 노래지는 것 같았다.

너무 흥분한 나머지 제 발에 저려 묻지도 않은 출신내력까지 다 까발려 버린 것이다.

염세악이 육조의 앞에 쪼그리고 앉으며 음흉한 미소를 머금었다.

"그럼 문서로 남기자."

"……"

육조는 설마 살아 있는 신화적 기인인 검선의 입에서 문서로 남기자는 말이 나올 줄은 몰랐는지 잠시 필사적인 분위기를 잊고 기가 막힌 표정을 지었다.

이어지는 백 년 전의 신화적 인물, 검신이란 자의 말이 걸작이다.

"너랑 나랑 신의로 약속을 믿을 만큼 가까운 사이는 아니잖아?"

"……."

육조는 사파 무리보다 더 불신이 팽배하고 뼛속까지 돈밖에 모르는 상인들보다 셈이 정확한 염세악의 말에 과연 이 늙은이가 정말 평생의 반 이상을 속세와 등지고 수도에 전념하여 도의 정점을 이뤘다는 그 검신이란 말인가 하는 의심이 들었다.

하지만 그것이 다가 아니었다.

육조가 본 검신은 다소 흑도스러운 면모도 보였기 때문이다.

"아참! 그리고 네 말대로 그 사망림인지 생활림인지를 보존하고 싶으면 누가 보냈는지 물어. 어차피 배를 갈아타기로 결정했는데 하나 더 보탠다고 무슨 대수야? 안 그래? 배신은 확실해야 이쪽에서도 신의가 생기는 법이니까."

"……."

육조는 울고 싶어졌다.

그리고 생각했다.

'검신은 얼어 죽을! 이 늙은이에 비하면 용천장의 연가 계

집은 차라리 관음보살이구나.'

육조는 이날 치욕과 굴욕의 화산파 포로 생활에서 풀려났
다.

그리고 다음 날, 육조의 모습은 온데간데없이 사라졌다.

하지만 폐심옥으로 향하는 근역이 장로들에 의해 폐쇄돼
있었기에 육조가 사라진 것을 화산파의 누구도 알지 못했다.

그래서 염세악 또한 화산파에서 사라졌음을 아무도 알아
채지 못했다.

第二章

남도련 총단.

정자치고는 대단히 커다란 팔각 처마 아래 용사비등한 필치로 수놓아진 규성재(奎星齋).

정파 진영 중에서 가장 호전적이라는 남도련과 어울리지 않는 이 정자는 그 이질적인 존재만큼이나 누군가의 발걸음은커녕 변변한 관심조차 받지 못했다.

때문에 규성재에는 오직 이를 지을 것을 명한 남도련 책사 명견혜도 사마군만이 홀로 발걸음 할 뿐이었다.

사람들에게 사랑받지 않는다고 해서 사마군은 눈곱만큼도

아쉬워하지 않았다.

애초부터 남도련 내에 상주하는 사람들을 위해서 지은 것이 아니기 때문이다.

때문에 오히려 사람들의 발걸음이 뜸하니 사마군은 홀로 사색을 즐길 수 있고, 깊은 고민거리가 있을 때는 조용하고 방해하는 이가 없으니 기꺼워 마지않았다.

최근 사마군은 거의 며칠째 규성재에서 살다시피 했다.

복잡한 문제가 있거나 깊은 고민이 있어 그런 것이 아니었다.

실로 오랜만에 자질구레한 귀찮음이 없어 이때다 싶은 마음에 한껏 여유를 부리는 중인 것이다.

여유라고 해봐야 남도련의 도객들에겐 보기만 해도 골치가 지끈거리며 슬금슬금 피할 모습이었다.

바둑판을 펼쳐놓고 있는 인상은 다 써가며 빼곡히 혼자 바둑을 두고 있다든지, 두꺼운 서책을 산더미처럼 쌓아놓고 입술이 검어지도록 붓을 빨며 골똘히 생각에 잠겨 있다든지, 그도 아니면 커다란 중원 전도를 가져다놓고 양손에 색색의 손가락만 한 작은 깃발들을 들고서 이곳저곳 꽂았다 뽑기를 반복한다든지.

사실 사마군도 남도련의 수장인 야도(野刀)가 어디서 뭘 하고 있는 전혀 알지 못했다.

그것도 무려 삼 년째 감감무소식일 정도로.

어차피 사마군도 개의치 않았다. 애초에 야도를 꼬드긴 건 그였으니까.

천하제일세 용천장에 대항하고 강북의 북검회와 어깨를 나란히 하자면 강남무림도 한천(寒天)과 검성(劍聖)에 버금가는 구심점이 필요했다.

칠절패도 여양종은 초인 반열에 오른 일대종사로서는 부족함이 없었지만 무쌍의 절대자들인 한천과 검성에 비하면 손색이 있었다.

우러러보는 것을 넘어서는 두려움까지 갖춰야 했다.

똑같은 칼밥을 먹고살아도 전혀 다른 세상에서 숨 쉬며 살아가는 동경의 대상.

그런 존재가 필요했고 그 대상으로는 강남과 강북을 따지지 않고 야인으로 강호를 종횡하던 야도가 적격이었다.

여양종의 이름 앞에 칠절패도(七絶覇刀)가 붙어 강남무림을 호령했지만 말 그대로 강남무림일 뿐이었다.

그러나 야도(野刀)는 그 단출하고 멋대가리 없는 외호에도 불구하고 대강남북을 떨어 울렸다.

모두가 엄지를 치켜세우며 인정한 까닭이다.

천하제일은 연경산일지 몰라도 도에 관한한 야도가 곧 무림제일도임을 말이다.

"사마 공! 사마 공!"

"······?"

몇몇 지역에서 올라온 종이 쪼가리를 들고 한참 골똘히 생각에 잠겨 있던 사마군은 몇 번을 부르는 소리가 바로 지척에 이르러서야 고개를 돌려 시선을 줬다.

"무슨 일인가?"

"호북지역의 소정현이란 곳에서 인가받지 않은 전서구가 왔사온데 그것이······."

사마군이 눈살을 찌푸리며 사내를 돌아봤다.

인가받지 않은 전서구란 남도련에서 쓰는 전서구나 그를 운용하는 상회가 아니라는 뜻.

비인가 전서 내용이 자신에게까지 올라오는 경우가 없기에 사마군이 듣기도 전에 귀찮은 표정을 짓는 것이다.

"뭔가, 빨리 말하고 가시게."

"발신인인 사마 공자로 되어 있사온데 그것이 말입니다···그 내용이······."

남자가 말하기가 마뜩치 않은지 주저주저했다. 사마군은 그것보다는 전서구를 보낸 이가 자신의 조카인 사마홍락이라는 말에 실소를 흘렸다.

"홍락이라구? 그 녀석에게 우리 남도련에서 키운 섬전취(閃電鷲)를 암수 한 쌍으로 보내줬는데 전서구를 쓸 일이 있나?

게다가 섬서로 간 아이가 호북 어디?'

피식 웃은 사마군이 엄한 표정을 지으며 말했다.

"평화가 하도 길어지다 보니 자네들도 장난질을 구분치 못하는가 보구만. 그만 가보게."

사마군의 축객령에 남자가 쩔쩔매면서도 용기를 내 말했다.

"하지만 그 내용이 내용인지라 아무래도 필체를 보시고 진위 여부를 사마 공께서 직접 판별하셔야 할 것 같아서……."

결국 사마군의 얼굴에 짜증이 어렸다.

"아, 내용이 뭔데 그러나?"

"패, 패, 패도께서… 패도께서 화산파 검신에게 살, 살해당하셨다고……."

"……!"

순간 사마군의 표정이 경직됐다.

그 말을 믿는 것은 아니었지만 헛소문이라 하더라도 낯빛이 변할 수밖에 없는 내용이었기 때문이다.

"서찰을 보이게."

사마군의 표정이 목소리만큼이나 싸늘하게 변했다.

선을 넘어 과한 장난질에 노기가 치민 탓이다.

"여기……."

남자가 얼른 서찰을 내밀자 냉큼 낚아챈 사마군이 거칠게 펼쳐 들었다.

하지만 금세 사마군은 눈살을 잔뜩 찌푸렸다.

"이게 무슨 놈의 글씨인가?"

글자 자체는 알아볼 수 있었지만 마치 풍을 맞은 병자가 가까스로 마지막 유언을 남긴 듯 글자가 꼬불꼬불 엉망진창이었다.

그의 눈엔 그 어느 구석에서도 서찰에 쓰인 글자 중 조카인 사마홍락의 필체를 찾을 수 없었다.

이 때문에 가벼운 호통으로 무마됐을 사마군의 기분은 더욱 나빠지고 말았다.

"전서구를 보내 장난질을 친 놈을 찾아내게."

"예?"

"그리고 호북의 그 소정현인지 어딘지 이 전서구를 운용하는 상회는 다시는 문을 못 열게 만들게."

사마군의 노기 가득한 명에 남자가 속으로 혀를 내두르며 허리를 숙였다.

"명을 받드옵니다."

괜한 불똥이 튈까 싶었던 남자가 사마군에게 예를 올리자마자 줄행랑을 쳤다.

"보자보자 하니까 남도련이 어디 시골구석의 무관인 줄 아는 건가, 내 이것들을!'

분이 풀리지 않은 사마군은 며칠은 더 재수가 없을 것 같은 기분에 심기가 불편해졌다.

＊　　　＊　　　＊

　"여양종이 죽었습니다!"

　"뭣?"

　숫제 문을 부술 듯 다급히 난입한 제이 부군사 우문술의 말에 북검회 대군사 좌문공이 놀라 벌떡 일어섰다.

　"죽었다니? 그게 무슨 소린가!"

　우문술은 핏기 하나 없는 얼굴로 꼴깍꼴깍 숨이 넘어갈 듯 황망히 말했다.

　"화, 화산파! 화산파 산문에……."

　"화산파?"

　뜬금없이 화산파가 나오자 좌문공이 눈썹을 모으며 인상을 찌푸렸다.

　"여양종의 수급이 효수됐다고 합니다!"

　"……!"

　좌문공이 눈을 치뜨며 충격 어린 표정을 짓는가 싶더니 이내 눈초리가 가늘어졌다.

　"……."

우문술을 쳐다보는 눈길이 삐딱해진 좌문공이 심기불편한 표정으로 말했다.

"자네 낮술 했나?"

"……?"

우문술은 뚱딴지같은 소리에 의아한 눈길을 보내다 이내 무슨 의미인지 깨닫곤 얼굴이 벌게져 소리쳤다.

"농이 아닙니다! 급보로 날아온 사실이란 말입니다!"

하지만 좌문공은 여전히 노골적으로 불신 가득한 표정을 보였다.

"출처가 어딘가?"

우문술이 그 말에 울컥해 고함쳤다.

"팔검장! 비응보!"

"흥! 내 그럴 줄……."

"흑표회!"

"……!"

코웃음을 치던 좌문공의 얼굴이 급격히 굳어졌다.

팔검장이나 비응보는 무시하고 흘려들을 수 있는 출처지만, 단독으로 표물을 운반하는 특급 표사들의 무리인 흑표회(黑鏢會)에서 나온 정보라면 격이 다른 문제였다.

그리고 이어지는 우문술의 대꾸는 좌문공의 삐딱해져 있던 눈빛뿐만 아니라 서탁을 짚고 있던 십지를 경련하게 만들었다.

"그뿐인 줄 아십니까? 하오문에서도 왔습니다! 급히 개방에 확인해 본 결과 그들도 사실을 인정했습니다!"

"……."

"또, 위수의……."

좌문공이 손을 들어 우문술의 말을 제지했다.

그리고 말했다.

"부회주와 봉공들을 제검전(諸劍殿)으로 모시게."

"예!"

우문술은 당연한 수순이라는 듯 흥분했던 기색을 순식간에 죽이며 고개를 끄덕였다.

"제검전 회합의 준비는 자네가 맡아서 하게. 서두르지 말게. 여양종이 죽었다고 해서 내일 당장 시산혈해의 세상이 되는 건 아니니 말일세."

"예."

좌문공은 우문술의 흥분한 마음을 가라앉히고 차분케 하기 위한 말이었지만 그의 시산혈해란 말은 오히려 상황이 보통 심각한 것이 아니라는 극도의 긴장감에 빠지게 만들었다.

"난 그동안 무결옥(無缺屋)에 다녀와야겠네."

"……!"

우문술의 표정이 다른 의미로 경직됐다.

무결옥은 북검회에서 금지(禁地)나 다름없는 곳이었다.

그곳을 드나들 수 있는 이는 부회주 천예검군 조문신과 대군사 좌문공, 마지막으로 천룡검 장강옥 단 삼 인뿐이었기 때문이다.

당연했다.

그곳은 이 시대의 거인이며 소림사의 불성(佛聖), 개방의 취성(醉聖)과 함께 무림삼성의 한 자리를 차지하는 검성(劍聖)이 거하고 있는 곳이었으니까.

＊　　＊　　＊

차를 마시던 연산홍의 섬섬옥수가 돌덩이처럼 굳어졌다.

서 총관은 그녀를 채근하지 않았다.

아무리 천하가 알아주는 재녀 연산홍이라 하더라도 생각할 시간이 필요할 테니까.

충분히 놀랄 일이었다.

충분히 당황스러울 일이었다.

충분히 혼란스러워할 일이었다.

처음 그 소식을 접했을 때 그 자신은 찻잔에 따르던 찻물이 넘쳐 옷을 적셔도 모를 정도였으니까.

일다향의 침묵 끝에 마침내 연산홍이 입을 열었다.

"강남무림의 추이를 더욱 면밀히 살피세요."

그녀는 소문의 진위여부라든지 출처에 대한 어리석은 질문 따위는 하지 않았다.

"용성각(龍聲閣)에는 일부러 이러한 사실을 알리지 않았습니다. 평소대로 할 것입니다."

서 총관의 대답에 연산홍이 고개를 끄덕였다.

"잘하셨습니다. 괜히 이런 사실을 알렸다가 평소와 다르게 무리를 한다든지 실수를 하거나, 하나의 사안을 두고 냉정하게 판단하지 못하고 그릇된 사견이 들어갈 수도 있음입니다."

"예, 아가씨."

"여양종의 목을 친 자는 일전에 총관이 말했던 백 년 전의 그 검신이겠군요."

"그자 외에는 그럴 능력이 없으니까요."

"남도련에 대해선 알아봤습니까?"

연산홍의 물음에 서 총관이 복잡 미묘한 표정을 지으며 눈살을 찌푸렸다.

"그것이 좀 이상합니다. 북검회도 분위기로 보아 아는 모양인데 남도련은 평소와 다를 바가 없습니다. 오히려 강남무림의 일부 방파가 정보를 접한 가운데 쉬쉬하는 모양새입니다. 저도 어찌 된 영문인지 모르겠습니다."

연산홍이 복잡할 것 없다는 듯 간단히 추론했다.

"남도련에서 직접 나온 여양종을 비롯한 일행 중에 누구도 화산에서 돌아오지 않았다는 뜻입니다. 다른 이들은 감시자들의 보고를 통해 알았을 것이고."

"아?"

생각해 보면 간단한 이치이기에 서 총관이 아차 하는 겸연쩍은 표정을 지었다.

"사달은 남도련에 났지만 북검회나 강북무림도 주시를 소홀히 해서는 안 됩니다."

"당연한 말씀이십니다. 강북은 이미 여양종의 목이 날아갔다는 소문이 걷잡을 수 없을 정도로 번져 나가고 있는 상황이니 앞으로 더욱 시끄러워질 것입니다."

"……."

잠시 골똘히 생각에 잠긴 눈치던 연산홍이 뭔가를 결심한 듯 가볍지 않은 표정으로 말했다.

"제원무풍세(諸援無風勢)에 변화를 주는 것은 불가피할 것 같군요."

서 총관은 예상했다는 듯 놀라하진 않았다. 하지만 표정이 굳어지는 것은 어쩔 수 없었다.

연산홍의 아비이자 용천장을 세웠으며 천하제일인으로 회자되는 한천 연경산이 평생을 고심하며 보완하고 또 보완해 오늘에 이른 그의 역작.

제원무풍세는 쉽게 말하면 용천장을 기준으로 각 거점 지역에 세워진 지단 전체를 가리키는 것이라 볼 수 있었다.

하지만 겨우 그런 정도라면 세상을 구원하는 평화롭고 조용한 기세라는 거창한 말로 불릴 리가 없었다.

그것은 일종의 군진이었으며 또한 진법이었다.

용천장의 지단이 천하 각지에 빠짐없이 흩어져 있는 것은 아니었다.

오히려 용천장과 가장 먼 곳이 아무리 멀게 잡아도 열흘을 넘기는 곳이 없을 정도로 가까운 곳에 다닥다닥 모여 있다고 봐야 했으니까.

하지만 각 지단이 위치한 곳은 실로 절묘하여 같은 진영인 정파의 북검회와 남도련이 용천장을 거치지 않고는 서로 조우하기 힘들었고, 유령곡과 혈총을 중심으로 군집한 사파지역은 그들이 준동하면 용천장이 아닌 북검회와 남도련부터 상대해야 했다.

또한 제원무풍세는 각 지단과 용천장이 서로 긴밀하게 연락을 주고받으며 언제 어느 때든 단시간 내에 힘을 한 점에 최고조로 집중시킬 수도, 순식간에 산개시킬 수도 있게끔 입안하고 추진됐다.

한마디로 제원무풍세는 천하 무림세력이 날뛰지 못하게끔

억누르는 것과 동시에 서로 견제케 하여 힘의 균형을 이루도록 만들어진 것이다.

이 때문에 제원무풍세가 곧 용천장이며, 또 전부라고 해도 과언이 아니었다.

연경산의 고심 어린 역작에 예외가 있었다면 그건 어느 날 불현듯 무림에 부상한 천래궁뿐이었다.

"시간이 걸리는 제원무풍세에 변화를 주기보다는 혼란을 줄이고 즉각 대응할 수 있는 방안을 찾아보는 것이 낫지 않겠습니까?"

물론 제원무풍세에 변화를 준다고 해서 그것이 몇날 며칠의 시일이 걸릴 정도로 번잡한 과정이 있는 것은 아니었다.

하지만 지금은 하루가 급한 상황이었다.

당장 내일 무슨 일이 벌어질지도 모르는 상황이 바로 지금의 상황이기 때문이었다.

서 총관은 제원무풍세 자체에 변화를 주려면 용천장의 주요 수뇌부들을 줄줄이 소환해 논의를 거쳐야 하고 각각의 지휘체계에 변화를 주어야 하기에 자못 우려스러움을 감추지 못했다.

연산홍이 고개를 가로저었다.

"여양종의 죽음에 남도련이 복수를 하든, 화산파가 어떤 목적을 가지고 여양종의 목을 쳤든, 양쪽 다 바로 움직이지는 못합니다. 절차라는 것이 있고 논의와 동의라는 과정이 있으니 무엇을 말하고 움직이기까지는 상당한 시일이 소요될 겁니다. 그것이 세상이 이치이니까요."

"그럼……?"

연산홍이 다시금 특유의 담담한 표정을 회복하며 말했다.

"느긋해선 안 되겠지만 그렇다고 너무 서두를 필요도 없습니다. 용천장은 용천장이 해야 할 일을 준비하기만 하면 됩니다."

서 총관이 고개를 조아렸다.

"영명하신 처사이옵니다."

第三章

자운전 처마 아래서 원로들은 멀리 폐심옥으로 향하는 길목을 바라봤다.

염세악이 폐심옥으로 걸음한 뒤 사달이 터지고 이 소식을 듣고 달려간 그들은 태사조의 진노한 모습에 경악을 금치 못했다.

그들로서는 상상할 수도 없는 끔찍한 형벌과 고문을 수라십팔도객에게 행하고 있었기 때문이다.

사손들의 말을 듣고 말리기 위해 달려온 발걸음이었지만 염세악이 서슬 퍼런 기세로 노려보는 눈길에 대장로 손괴마

저도 입도 뻥긋하지 못했다.

게다가 밤이면 어김없이 화산을 진동하는 처절하고 참혹한 비명 소리에 잠도 이룰 수 없었다.

신웅담이 뜻 모를 말을 했지만 그들 중 누구도 여전히 신웅담의 말도, 염세악의 뜻도 헤아리지 못했다.

그리고 나흘째 접어든 밤, 처음으로 비명 소리 하나 없이 고요한 밤이 지나갔다.

닷새째 아침에 이르자 천근만근 마음이 납덩이처럼 무겁기만 하던 원로들도 혹시나 태사조의 진노가 가라앉지 않았을까, 다시 한 번 찾아뵈어 볼까 하며 서로 설왕설래했다.

하지만 이렇다 할 결론은 나지 않았다.

'내가 내 발로 나갈 때까지 기다려라.'

바로 염세악이 직접 이에 대한 말한 부분 때문이었다.

그렇지 않아도 까마득한 배분의 태사조의 명인데 거기다 하늘을 찌를 듯 진노한 상황에서 내린 명이니 제아무리 머리가 허옇게 센 장로들이라도 감히 이를 어기고 다시 찾아갈 엄두가 나지 않았던 것이다.

"늙고 못난 우리 때문에 태사조께서 상심과 분노한 마음으로 청정한 법신을 버리시는구나."

손괴가 폐심옥이 있는 방향을 응시하며 안타까운 표정을 감추지 못했다.

"정정하시기는 하지만 그래도 몸이 상하시지 않을까 걱정입니다."

"나도 같은 생각일세. 장문사형도 병석에 누워 좀처럼 예전 기력을 회복하지 못하고 있는 상황에서 태사조께서 혹 탈이라도 나면 어찌 제자들이 그것을 감당하겠습니까."

"태사조께서 대체 언제쯤이나 다시 원래 모습으로 돌아오실는지……."

원로들은 걱정을 한가득 안고서 아침부터 땅이 꺼져라 한숨을 내쉬었다.

"지금 뜹시다."

"뭐?"

"지금이 적기요."

"그럼 우리 몸은?"

"그건 일단 나중에 해결……."

"넌 생각이 있는 것이냐, 없는 것이냐! 어찌 매사에 그렇게 즉흥적이고 대책이 없느냔 말이다! 그러다 혈을 풀 시기를 영영 놓쳐 영원히 불구의 몸으로 살면 그땐 어쩔 거냐?"

"쳇! 간은 염소 똥만 해서는!"

설매산장의 은호청, 은호열 형제가 투덕거리기 시작하자 날카로운 시선들이 쏘아졌다.

평소라면 훌쩍 일어서 자리를 피해 버렸을 홍화순과 백소령이 노려보다 은씨 형제들이 찔끔해 입을 다물었다.

둘 다 한 성질 하기에 어디 가서 누구한테 기가 죽을 형제가 아니었지만 홍화순은 밤 무림을 평정한 청방의 혈표로서 은연중 풍기는 잔인함이 있었고, 백소령은 타고난 차가움과 범접하기 어려운 기세 탓에 은씨 형제는 유독 이 둘에게 좀처럼 기를 펴지 못했다.

"큼!"

"흥!"

은호청은 민망한 듯 헛기침을 하며 다리를 버둥거려 몸을 돌렸고 은호열은 콧방귀를 뀌며 두 팔을 움직여 하반신을 반대편으로 돌려 앉았다.

각자 염세악에게 상체와 하체가 마비당한 뒤로 이제는 제법 원래 그랬던 것인 양 꽤나 능숙하게 몸을 움직였다.

두 형제로 인해 잠시 일었던 소란이 가라앉자 다시 정적이 찾아들었다.

백소령은 백소령대로 생각이 많았고, 홍화순은 또 홍화순대로 심경이 복잡하기만 했다.

특히나 이번 사태에 한 발을 깊게 담가 버린 홍화순은 자책감을 피할 수가 없었다.

'내가 너무 안일했다. 살얼음판 같은 강호에서 그리 허투루 생각하다니, 그때 천진벽력당과 여양종의 조우가 우리 청방과 관련된 일이었다면 내가 그렇게 쉽사리 잊어버렸을까?'

그렇다고 어울리지 않게 무슨 슬픔과 자괴감에 빠진 것은 아니었다.

다만 홍화순은 이 일을 화산파가 아닌 청방과 대비시켜 천려일실의 교훈으로 삼아 뼛속 깊이 새겼다.

'아직도 멀었구나. 아직 청방을 이끌기에는 아버지의 반도 따라가지 못했구나.'

홍화순은 새삼 과거 아비 홍괴불이 당부하던 말을 떠올렸다.

'무릇 무리를 이끄는 자는 과단성과 신중함이 함께해야 한다.'

'그건 서로 반대가 아닙니까?'

'그렇다. 세상 모든 일에 있어서 쟁취는 쉬운 일이다. 하지만 진정 어려운 것은 무릇 쟁취한 바를 지키는 것이기 때문이다.'

그는 어째서 아버지가 그토록 그 말을 귀에 딱지 앉을 정도로 늘 반복했는지 이제야 깨달을 수 있었다.

자신이 신중함은 몰라도 과단성만은 아버지보다 훨씬 낫

다고 은연중에 자부해 왔지만 그런 자부심은 산산조각이 나
버렸다.

'내겐 그 일을 태사조께 고할 용기 있는 과단성도 없었고,
천진벽력당과 여양종의 수상쩍은 모습을 봤음에도 이상히 여
기지 않은 신중함도 없었다.'

과단성 하나만은 낫다는 것은 큰 착각이었다.

그에겐 둘 다 부족했고 그것이 진실이었다.

한편, 홍화순이 지난 일을 떠올리며 입술을 잘근잘근 씹고
있는 그때 백소령은 전혀 다른 종류의 고민에 빠져 있었다.

'어떻게 그럴 수가 있지? 대체 어떻게……!'

태사조의 괴물 같은 능력이라면 충분히 여양종을 제압할
수도 있다고 여겼다.

하지만 수라십팔도객을 이대제자와 삼대제자들이 모조리
무릎 꿇려 제압한 일은 도저히 믿기지가 않았다.

화산 제자들이 펼치는 합격술이 대단하다는 것은 충분히
보고 느껴 알고 있었지만 그래도 말이 안 되는 일이었다.

수라십팔도객이 누구인가.

여양종이 직접 자신의 무공으로 키운 도객으로 패도(覇道)를
걷는 남도련의 상징과도 같은 무시무시한 무인들이었다.

그들의 손에 주춧돌 하나 남지 않고 멸절된 문파가 한둘이
아니며, 그렇게 사라진 문파 중 지금의 화산파보다 몇 배의

위세를 떨치던 곳도 부지기수였다.

그런 수라십팔도객이 뽀송뽀송한 솜털이 다 가시지 않은 어린 제자들을 단 한 명도 해치지 못한 데다 오히려 겨우 이대제자들과 삼대제자들에게 제압을 당해 무기를 빼앗기고 무릎이 꿇린 장면은 일대 사건이 아닐 수 없었다.

더구나 수적 우세로 상대했다 한들 누구도 믿지 않을 판에 수라십팔도객 하나하나를 상대한 것은 겨우 각각의 이대와 삼대제자가 짝을 맞춘 이 인 합격술이었다.

백소령도 익히 봐왔던 소위 검신무라는 그 검술.

천하의 수라십팔도객이 강호 경험은 고사하고 실전 경험도 없는 애송이들에게 무릎을 꿇은 것이다.

여양종의 죽음만 아니었다면 이 사실만으로도 화산파는 강호무림에서 태풍의 핵이 되었을 것이다.

수라십팔도객의 이름값은 충분히 그 정도를 하고도 남음이 있기에.

'무섭구나. 태사조는 도대체 어떻게 이 모든 것을 가능케 하신 것인가!'

검신 태사조가 나타나고 반년도 채 되지 않아 이만한 힘을 갖춰 버린 화산파가 그저 두려우면서도, 그 뿌리가 깊게 닿아 있는 연화팔문의 문도라는 사실이 한편으론 또 뿌듯하게 느껴지는 실로 복잡한 심경의 백소령이었다.

"뭐야? 여기도 분위기 칙칙하네. 어째 나만 바빠, 나만!"

잔뜩 투덜거리며 들어서는 여인은 보화전장의 화소옥이었다.

먼저 자리하고 있던 속가제자들이 일제히 그녀를 향해 시선을 돌렸다.

며칠 동안 화산파 속사정과 분위기를 전해주던 것이 그녀였기 때문이다.

"뭐야? 나 기다렸어?"

해실거리는 화소옥의 얼굴엔 침울함과는 전혀 어울릴 수 없는 웃음이 걸려 있었다.

"참 나! 뭐? 뭐가 다들 그렇게 궁금한데?"

화소옥이 방글거리며 입을 떼자 은호열이 기다렸다는 듯 재빠르게 나섰다.

"화 낭자! 태사조께선 아직도……?"

"그 늙은… 흠! 태사조께서야 다들 알잖아? 폐심옥에서 나오실 생각도 하지 않는 것 말이야. 그래도 뭐, 오늘은 잠잠하네. 이런저런 비명 소리도 안 들리고."

화소옥은 말을 꺼내면서도 주변을 은근히 살피는 것을 잊지 않았다.

워낙 귀신같은 영감이라 어디서 듣고 나타날지 모른다는 생각 때문이었다.

"그 비명 소리는? 알아보셨소?"

때마침 입을 연 것은 홍화순이었다.

"오? 화순이?"

화소옥의 말투에 홍화순의 얼굴이 살짝 일그러졌다. 화소옥은 서로 통성명을 통해 알아낸 홍화순의 이름을 듣고 유일하게 대놓고 배를 잡으며 데굴데굴 구른 인간이었다.

한 칼 먹은 얼굴치곤 이름이 순박하다나 어쨌다나.

이름에 대한 불편한 감정이 있던 홍화순으로선 화가 치밀기는 했어도 어차피 본래 목적했던 바가 그저 자그마한 무관의 후계자로 비치는 것이었기에 성질을 죽였다.

"그거 태사조가 그놈들 작살을 내고 있는 게 맞더라고. 어제 총림당주가 외상약을 왕창 사가지고 폐심옥 길목에 놔두고 오는 걸 봤거든."

"……!"

화소옥의 말에 홍화순 등의 표정이 잔뜩 굳어졌다.

"참 나, 한 푼이 아까울 때 그게 뭔 짓이야? 작정하고 물고를 냈으면 죽이든지 아니면 죽을 때까지 놔두면 되지 치료는 또 왜 한대?"

"……."

"뭐, 일찍 죽으면 분이 다 안 풀려서 서운할까 봐 정성껏 치료한 뒤에 다시 같은 짓을 반복하려는 건가?"

"……."

화소옥의 말에 홍화순과 백소령이 표정을 서늘하게 만들었고 은씨 형제는 아예 낯빛이 샛노래졌다.

예상은 하고 있었지만 요 며칠간 밤마다 비명 소리로 화산파를 진동케 한 장본인이 정말 검신 태사조일 줄이야.

그들에게 있어서 검신 태사조는 성정이 고약하고 괴팍해 못돼먹기는 해도 피와 고문으로 점철된 잔인함은 단 한 번도 떠올려 보지 못한 까닭이다.

그런 검신 태사조가 밤새도록 그 처절한 비명이 울려 퍼지도록 사람을 고문하고 더 괴롭히기 위해 죽지 않도록 치료까지 해준다?

생각만 해도 심장이 얼어붙는 듯 한동안 무리 사이로 말이 없었다.

그때 은호열이 제 형인 은호청의 옆구리를 찔렀다.

"……?"

은호청이 멀뚱거리자 답답하다는 듯 턱짓으로 하늘을 가리켰다.

순간 은호청의 표정이 심각하게 굳어졌지만 이내 침을 삼키며 입을 열었다.

"어제 이 녀석과 식사를 하러 갔다가 우연히 들은 말이 있소만."

"……?"

은호청이 진지하게 말을 꺼냈다.

하지만 화소옥을 제외하곤 홍화순과 백소령은 별로 기대도 하지 않는 눈치였다.

은호청은 둘의 반응에 말해주고 싶은 마음이 싹 가셨지만 이번에는 화소옥의 여우 짓이 그를 도왔다.

"오? 꼴이 그래서 창피하다고 맨날 밥을 늦게 가서 먹지? 본산제자들이 아무도 없는 줄 알고 수다 떠는 걸 들었나 본데?"

"……!"

화소옥의 말에 그제야 홍화순과 백소령이 조금은 호기심이 동하는 듯 시선을 돌렸다.

"태사조께서 섬영도룡을 살려 보내면서 이렇게 말씀하셨다는구려."

말을 하는 은호청은 말할 것도 없고 이미 함께 들었던 은호열조차도 소리가 들릴 정도로 침을 꿀꺽 삼켰다.

"남도런, 내가 직접 지워주겠다고."

"……!"

순간, 은씨 형제는 당시 자신들이 처음 들었던 반응 그대로 재현하는 셋을 보며 웃을 수가 없었다.

약속이라도 한 것처럼 홍화순과 백소령, 화소옥이 동시에 입을 딱 벌리며 말을 한 은호청의 얼굴에서 시선이 떨어질 줄을 몰랐다.

마치 그 말을 한 당사자 염세악을 보듯 말이다.

그리고 머리가 비상한 셋은 동시에 같은 판단을 내렸다.

'태사조께는 아직 이 일이 끝나지 않았다! 끝낼 마음도 없고!'

그 말은 그냥 말이 아니었다.

검신 태사조의 강호무림을 향한 선언이나 마찬가지다.

화산파 제자들이 그 말의 무게에 달린 심각성을 알고 있다면 절대로 이런 분위기일 리가 없었다.

화산파의 그 누구도 태사조가 했다는 그 말을 심각하게 생각하지 않고 있는 것이 분명했다.

속세를 등진 수도하는 도사가 아니라 온갖 계략과 음모, 지략이 난무하는 강호에서 살아온 일문 일가의 후계자이기에 더더욱 그 말의 의미를 잘 알고 있는 그들이었다.

남도련을 지운다.

그것도 직접 당신 손으로.

여양종을 죽인 후에 사마홍락을 풀어주며 그렇게 전하라고 했단다.

그들이 나눈 대화만큼이나 질식할 것 같은 침묵이 엄습해왔다.

첫 번째 든 생각은 정말 태사조가 남도련을 지우시려는 걸까였고, 뒤이어 꼬리를 문 건 과연 태사조가 어느 선까지 갈까였다.

그들이 겪은 검신 태사조라면 남도련이든 북검회든 단신으로 쳐들어가 사달을 내도 낼 위인이었다.

하지만 그들은 미구에 닥칠 그때에 대한 가늠도, 상상도 할 엄두가 나질 않았다.

장강 이남을 집어삼킨 거대 세력 남도련과 화산파가 붙는다?

누가 봐도 계란으로 바위 치기였다.

정상적인 사고를 가진 자라면 화산파의 멸문은 기정사실이고, 본산이든 속가제자들이든 그 문도들의 앞날도 순탄치 않을 테니까.

그래도 검신 태사조라면 뭔가 일을 낼 것 같은 기분이었다.

더군다나 칠절패도 여양종이 검신의 손에 죽었으니 남도련이 강을 넘어 올 명분 또한 차고도 넘치는 상황.

속세의 때가 묻은 그들이 생각해 낸 가장 좋은 방편은 하루속히 북검회의 품 안으로 들어가 소낙비를 피하는 것이었다.

그게 가장 현실적이었고, 그것밖에는 방도가 없어 보였다.

하지만 남도련의 이 인자인 여양종이 화산에서 죽어나갔는데 북검회가 정말 화산파를 받아줄까?

홍화순 등은 고개를 흔들었다.

결국 화산파 홀로 남도련과 싸워야 한다는 말인데, 그건 볼 것도 없이 안 되는 싸움이었다.

아무리 태사조가 괴물이라도 될 수가 없는 싸움.

지금은 한 명의 힘으로 무언가를 좌지우지할 수 있는 시절이 절대 아니었다.

강대한 세력과 세력의 결집, 그것으로 이루어진 균형과 견제로 이루어진 남북의 대결 구도는 걸출한 무인 하나의 등장으로 뒤바뀔 수 있을 정도로 녹록한 것이 아니었다.

그렇게 세상 돌아가는 이치를 잘 아는 속가 출신들이니 모두 똑같은 결론을 내릴 수밖에 없었다.

이대로라면 화산파는 결국 남도련의 손에 의해 끝장날 수밖에 없을 것이라고.

그런 화산파와 자신의 가문과 문파를 떠올리는 그들의 머릿속도 더없이 복잡해질 수밖에 없었다.

그리고 누구의 관심도 받지 않는 가운데 또 한 명 사라진 사람이 있었다.

"자, 영보, 주탕진으로 가는 배 떠나오! 탈 사람들은 어서 서두르시오!"

화음현이 코앞인 선창가에 서 있던 신웅담이 소리치는 뱃사공과 서둘러 배에 오르는 사람들을 보며 감회 어린 표정을 지었다.

'이십 년도 더 지났나……?'

화산파 침정궁에 머무르고 있으며 그렇게 알고들 있는 그가 등에 간편한 짐을 지고 양쪽 옆구리를 등 뒤로 가로지르는 고검을 매단 채 서 있다니.

자의로 하산을 한 것이 아니긴 해도 오랜만의 외유라 그런지 신웅담의 기분도 그리 나빠 보이진 않았다.

불현듯 이십 수년 전에는 무슨 일로 하산을 했던 것일까를 더듬던 신웅담의 표정이 살짝 굳어졌다.

오래전 일이었지만 평생의 낙인처럼, 죽을 때까지 지켜야 하는 맹약처럼, 일생의 목표가 되어버린 그날이 이곳이었음을 뒤늦게 깨달은 까닭이다.

'허허! 늙었구나! 까먹지는 않았으면서 그걸 여기가 아니라 화산이었다고 생각하고 있었다니.'

신웅담의 회한 어린 눈길이 과거를 더듬었다.

'기 사형!'

몸이 불편한 듯 사지에 붕대를 칭칭 감고서 지팡이를 짚은 채 배에 오르던 그.

'나는 화산파에서 파문과 함께 축출됐다. 그러니 이제 더 이상 너의 사형이 아니며 너도 내 사제가 아니다.'

'어째서 말하지 않았습니까!'

'무엇을 말이냐?'

'제자인 장평이를 보살피지 않고 방치한 것이 사실이 아니란 것을요!'

'모두가 다 아는데 너만 사실이 아니라고 말하는구나. 사실이다.'

'거짓말 마시오! 평이가 기 사형의 동의 없이 강제로 제자가 되었다지만 난 다 알고 있소!'

'……'

'이제껏 단 하루도 빠짐없이 매일 밤 녀석의 근골을 다듬고 혈을 열어주는 개정대법을 베풀었다는 것을!'

'…다 나의 이기심과 욕심으로 빚은 의도한 일일 뿐 네가 그리 미화할 바가 못 된다.'

'그걸 내가 믿을 것 같소?'

'믿든 안 믿든 이젠 상관없는 일이다.'

'결국, 다 그것 때문이 아니오! 그 때문에 기 사형의 공력 증진이 더뎌진 것이 아니오!'

'신웅담……'

'그 때문에 백 년에 한 번 나올까 말까 한 천재 소리를 듣던 사형의 무공의 진보가 답보를 거듭한 것이고! 그 때문에 평정심이 무너진 것이고! 그 때문에 심마에 빠진 것이지 않소!'

'……'

'왜 그랬소? 왜 말하지 않았소? 왜 평이에겐 내공을 깎아먹으면서까지 개정대법까지 베풀었으면서도 제대로 된 가르침은 내리지 않은 것이오? 왜?'

'진실은 내가 현문도가의 조종인 화산파의 제자로서 좌도에 빠져 사악한 검술로 사문을 더럽혔을 뿐만 아니라 동문의 사형제들과 존장을 해쳤다는 것이다.'

'사형……'

'더 말해 무엇하겠냐마는 이것도 마지막이니 네게 들려주는 것도 나쁘지 않겠구나.'

'……'

'평이에게 개정대법만을 베풀고 가르침을 내리지 않은 것은 지금의 화산파 유산이 화산파답지 않다고 생각했기 때문이다.

'……!'

'화산의 모든 것, 그 어떤 것이든 담을 수 있는 그릇은 만들어주되 그 안을 채워줄 것은 담아주고 싶지 않았다.'

'……'

'완전하지 않으니까. 부족하니까. 담아봐야 채워지지 않을

것들이니까… 형편없는 것들이니까…….'

'대체 무엇이 말이오! 본 파의 내공? 아니면 검술? 아니면 본 파의 무공 전체가 말이오?'

신웅담이 과거의 격렬했던 한때를 떠올리며 피식 웃었다.

이제 나이가 들어 그 일을 떠올리면서 웃을 수도 있다는 사실이 놀라울 뿐이었다.

그때 그 말에 기 사형은 알 수 없는 미소를 지었다.

처음에는 그 미소의 의미가 자신이 발작하듯 소리친 말이 답이어서 그랬다고 생각했다.

그리고 귀밑머리가 하얗게 셌을 때 즈음 그 미소의 의미를 알아내는 것이 일생일대의 화두가 되었고.

하지만 더 이상은 아니었다.

불과 며칠 전에 그 답을 알았기 때문이다.

신웅담은 또 피식 웃었다.

답을 알게 해준 장본인의 얼굴이 떠올라서다.

존경은커녕 단 분초도 마주하고 싶지 않은 웬수같은 낯짝이다.

물론 죽을 때까지 마음속으로만 품어야겠지만.

강물을 바라보는 신웅담의 잔잔한 눈빛이 애잔하게 변하며 음울하게 가라앉았다.

'부탁 하나만 들어다오.'

'……?'

'나도 알고 있다. 네가 나를 미워한 것이 아니라 나를 넘어서고자 거리를 둔 것을.'

'그……'

'네가 나보다는 부족하지만 너 또한 수재 소리를 들어왔다. 단지 과거 내게 십 초 만에 패한 일을 두고 굴레에서 벗어나지 못하는 것일 뿐.'

'……'

'완전해지게 만들어라.'

'……!'

'부족함을 채워라. 가치 있는 것으로 만들어라. 그래서 그것으로 나 대신 장평이의 그릇을 채워다오.'

'사형……'

'몇 년이 걸리든 몇 십 년이 걸리든 상관없다. 영원히 그것을 이루지 못한다 하더라도 개의치 않는다. 다만 포기하지만 말아다오.'

그리고 신웅담으로 하여금 한평생 잊지 못하게 할 마지막 말을 그가 남겼다.

'화산이 날 슬프게 한 건 그것 때문이었으니까. 날 끝없는 절망으로 이끈 게 그것 때문이었으니까.'

신웅담은 과거의 상념을 털어내듯 고개를 흔든 뒤, 뱃전에 올랐다.

"엇? 화산파 도장 아니십니까요? 아이고!"

노회한 뱃사공이 신웅담의 옷차림을 보고서 뒤늦게 기함하며 고개를 조아렸다.

"무량수불."

신웅담은 화산파 내에서의 그 고약한 성격과 달리 의외로 도사다운 도호를 읊으며 가볍게 답례했다.

"화산파에서 연로하신 도사님들을 뵙기는 쉽지 않은데 어디 멀리 가시는 모양입니다요?"

신웅담은 고개를 끄덕였다.

애초 숨길 마음도 없고, 숨길 필요도 없으며, 또 숨겨서는 아니 되기 때문이다.

"경사로 갑니다."

"아? 그러십니까? 먼 길 떠나십니다그려."

"예, 그렇지요."

뱃전의 난간에 엉덩이를 붙인 신웅담이 멀리 운무에 반쯤 가려진 화산을 바라봤다.

'할 일이 있다.'

'……'

신응담은 이제껏 한 번도 찾아온 적이 없었던 태사조가 발걸음 해 대뜸 하는 말에 살짝 인상을 찌푸리며 고개를 들어올렸다.

염세악 역시 그런 신응담을 물끄러미 쳐다볼 뿐이다.

한 손엔 검을, 한 손엔 숫돌을.

좌정한 신응담의 주변엔 굵은 황촉 수십 개가 녹아 바닥에 눌러붙어 있고 아기 손바닥만 한 숫돌들이 어지럽게 널려 있었다.

'줄기차게 칼만 갈아대서 뭐하려고? 칼을 쓰기나 할 거냐?'

'……'

염세악이 혀를 찼다.

'그래도 인물은 너밖에 없구나. 칼이라도 갈고 있으니, 쯧쯧!'

신응담을 물끄러미 내려다보던 염세악의 입에서 다시 나직한 음성이 흘러나왔다.

'천진벽력당.'

순간, 신응담의 짜증 가득하던 얼굴에 금이 갔다.

'현판을 내려라.'

'······!'

'화산파 무학을 한 줄이라도 읽은 놈이라면 한 놈도 빼놓지 말고 단전을 부수고 심줄을 끊어라. 나라의 관리든 군부의 장졸이든 끝까지 쫓아가서 마무리를 짓고 돌아와라. 예외가 있다면 오직 무공을 모르는 자뿐이다.'

신응담의 눈썹이 파르르 떨리다 이내 고요하게 가라앉은 채로 염세악을 향했다.

'숨길 필요 없다. 명명백백 해가 뜬 하늘 아래 모두가 보는 앞에서 행하거라. 왜 그리 행하는지, 지켜보는 모두가 똑똑히 알게 해라.'

'······.'

'기한은 최대 열흘 안이다. 최대한 떠들썩하게 확실히 세상 모든 사람이 알게 해라.'

화산에서 천진까지 가려면 몇 달을 가도 모자랄 거리였다. 그 거리를 염세악은 열흘 안에 당도하란 소리도 아니고 열흘 안에 천진벽력당의 현판을 내리고 벌하는 한편, 널리 세상에 그 죄상을 알리라 명하고 있는 것이다.

하지만 신응담의 얼굴에 서린 짜증은 이미 흔적도 없이 사라져 있었다.

'장문인의 명이오이까?

신웅담의 말에 순간 염세악의 고개가 삐딱하게 기울어졌다.

'장문인의 재가는 있었소이까?'

그러자 눈빛마저 삐딱해졌다.

그리고 말했다.

'배분이 깡패라는 소리는 들어봤지? 나 태사조야. 존장의 명이니 지체 없이 따라.'

"……."

철컥!

며칠 동안 쉬지 않고 칼을 벼리던 신웅담이 납검하며 자리에서 일어섰다.

염세악을 향해 고개를 꾸벅 숙였다.

그리고 바로 그의 곁을 스쳐 출입문 쪽으로 걸어갔다.

긴 여정일 것이었지만 마치 준비를 해둔 것인 양 신웅담이 벽에 손을 뻗자 꽁꽁 싸맨 봇짐이 가볍게 들렸다.

그리고 두 가지 물건이 손에 들렸다.

그의 검과, 며칠 동안 잠시도 손에 놓은 적이 없던 숫돌.

문지방을 넘어가는 신웅담의 등을 향해 염세악이 다시 말했다.

'화산의 이름으로 행하라. 장평의 넋을 위로하는 건 네가 하려무나. 벌을 내리는 건 내가 해야겠다.'

'지금쯤 내가 자리를 비웠다는 걸 알았으려나?

신응담은 멀어지는 화산을 보며 걱정이 아닌 순수한 궁금증이 치밀어 올랐다.

하지만 이내 한숨을 쉬며 고개를 흔들었다.

어쩌면 자신이 돌아올 때까지도 그 앞뒤 꽉 막힌 늙은 사형들은 그저 자운전 앞에서 근심만 한없이 키우고 있을지도 모르겠다는 생각이 들었기 때문이다.

第四章

호북성 동북 방면의 융중산 기슭.

"쩝쩝! 그래? 끄어억! 용천장에서 왔어?"

육조는 염세악의 신통치 않은 반응에 뜨악한 표정을 지었
다.

천하제일세 용천장을 무슨 건넛마을 기루 가리키듯 말하
는 투라니?

우적! 우적!

"……."

염세악은 잘 익은 새끼 멧돼지 고기를 꿀꺽꿀꺽 씹어 삼키

는 염세악을 두려운 눈길로 바라봤다.

현문의 조종 화산파의 전설적인 기인인 검신이 육식을 하는 모습이 그토록 두려울 수가 없었다.

만약 검신이 아닌 다른 이였다면, 그가 설사 무당파의 장문인 은선우사(隱仙羽士)라 할지라도 이런 모습이었다면 사이비 말코라며 코웃음을 쳤을 것이다.

하지만 삼 갑자를 살았다는 도문의 신화 검신이 새끼 돼지를 뼈째로 으적으적 씹어대는 모습에 경기가 멈추질 않았다.

"용, 용천장은 천하제일세입니다! 사, 사파는 말할 것도 없고 북검회나 남도련보다 윗줄입니다!"

육조는 자신의 존재감에 무게를 실어야 안전해진다는 이상한 착각에 빠져 마치 아이가 뽐내듯 자신을 보낸 용천장을 치켜세웠다.

쪽! 쪽!

기름이 줄줄 흐르는 양손 엄지를 입으로 빤 염세악이 남은 앞다리를 움켜쥐며 말했다.

"계속해!"

"네에?"

"계속하라고."

"넵! 알겠습니다. 그러니까… 전에 말씀드린 남도련 소속 백서른두 곳의 문파 중 세 개의 축이 사마세가, 철마방, 회도문입니다. 남도련이 자리한 장사에서 가장 가까운 문파는 회도문(廻刀門)으로……."

무음살왕 육조는 땀을 삐질 흘리면서도 염세악 앞에 펼쳐진 지도에 자신이 아는 정보들을 최대한 상세하고도 자세히 설명했다.

그 한마디 한마디에서 혼신을 다함이 느껴질 정도로 최선을 다하는 육조.

그의 입에서 남도련의 세력 구도는 물론 남도련 내부의 상세한 병력 구성과 최단 경로로 잠입할 수 있는 길, 유사시 확보할 수 있는 퇴로에 이르기까지 수많은 정보가 막힘없이 술술 흘러나왔다.

육조는 남도련에 관해서 사소한 것 하나, 기억이 희미한 것까지 필사적으로 상기해 내며 백년 내공을 모아 혓바닥으로 모두 쏟아냈다.

"남도련이란 곳에 가봤느냐?"

육조는 기다렸다는 듯이 입을 열었다.

"가봤다뿐입니까. 숟가락이 몇 개 있는지도 압니다. 이 땅에 남도련에 대해 저만큼 잘 아는 사람은 정말로 없습니다, 정말입니다!"

저도 모르게 육조는 그렇게 소리쳤다.

무림최고의 음자집단 사망림의 림주는 이 자리에 없었다.

그는 처음부터 뭘 감추거나 꾸밀 마음 따위는 가지지 않았다. 그래서 염세악이 물으면 그것이 무엇이든 묻지도 않은 것까지 꿰맨 구슬처럼 줄줄이 불었다.

"그러니까 그 야도란 놈이 어디 있는지 아는 종자가 그 사마군이라는 모사꾼뿐이다?"

육조의 눈에 염세악의 입가에 번들거리는 기름기가 사람의 피로 보이는 착각이 일었다.

'히익?'

"그, 그렇습니다. 남도련주의 행방을 아는 건 명견혜도 사마군뿐입니다. 아니면 당장 제 목을 치셔도 좋습니다."

육조는 그야말로 혼신을 다해서 입을 열었다. 하지만 염세악은 더는 육조에게 관심이 없어진 듯 골똘히 생각에 잠긴 모습이었다.

육조는 이 작은 찰나의 침묵에 오히려 숨통이 트이는지 조심스레 한숨을 내쉬었다.

화산파를 나선 지 겨우 이틀째다.

불과 이틀 만에 호북과 하남의 접경 지역이랄 수 있는 융중산에 와 있는 것이다.

육조는 아직 잊기에는 너무도 가깝고 생생하기 짝이 없는 어제 새벽을 떠올렸다.

'앞장서.'

'어, 어디로……?'

'뭐?'

'어디로 가시는지 알아야 소인이…….'

'다 들었다며?'

'예?'

'이놈이 다 늙어서 귀가 먹었나? 아, 내가 남도련 지우겠다는 소리 들었다며? 입 아프게 뭘 자꾸 물어?'

'허헉? 그, 그럼 지지지지, 지금 이 길로 남도련을 가시겠다는?'

'그럼 내가 도둑놈이랑 새벽 댓바람부터 뱃놀이라도 가는 줄 알아?'

'컥?'

당시 무음살왕 체면에 놀라 사레가 걸린 육조는 가지가지한다는 염세악의 타박과 함께 숨이 멎을 것 같은 옆구리의 정타를 허용당하며 막힌 사레를 간신히 뚫어 진정시킬 수가 있었다.

'이 일을 어찌할꼬? 이대로 가다간 저 괴물 같은 검신 늙은이와 횡액을 면치 못할 것인데. 나야 죽어도 상관없지만 만약 남도련에서 날 알아보는 눈이라도 있다면 우리 사망림은 그

날로……'

육조는 그다음은 생각하기도 싫은지 눈을 질끈 감았다.

그는 검신이 남도련을 지우러 간다는 이 길이 저승길이나 다름없다고 생각하는 중이었다.

왜 아니 그렇겠는가.

생각이 있고 제정신이라면 당연한 수순이며 보지 않아도 알 수 있는 결말임을.

제아무리 전전전전대의 천하제일인이라 한들 혼자서 강남무림 전체를 상대할 수는 없는 것이다.

물론 남도련을 강남무림 전체라고 말하는 것은 과한 면이 없지 않아 있지만 사파나 흑도를 제외하면 남도련이 강남무림 그 자체라고 해도 무방했다.

그런 남도련을 지우겠다?

말이야 뭐든 호언장담 못하리.

설사 하늘을 쪼개고 땅을 갈아엎을 개세신력이 있더라도 혼자서 그 많은 문파와 사람을 상대할 수는 없는 일이다. 검신이 아니라 검신 할애비라도 그것은 절대 불가능했다.

설사 지치지 않는 힘과 불사의 몸을 지녔다 하더라도 강남의 그 수많은 문파를 다 방문하는 데만도 몇 년, 몇 십 년이 걸릴지 모르는 일이지 않은가 말이다.

지옥의 나락으로 떨어지는 기분이 꼭 이럴 것이다.

그때, 육조의 발 앞으로 잘 익은 고깃덩이 하나가 떨어졌다.

"……?"

육조가 고개를 들자 염세악이 그새 또 다른 다리를 몸통에서 쭉 찢으며 말했다.

"먹어. 부려먹으면서 굶긴다는 소린 듣고 싶지 않다."

육조가 물끄러미 발밑의 고기를 쳐다봤다.

"……."

죽으러 가는 길에서 당장 목숨이 오늘내일 하는 판에 식욕이 돋을 리 만무했다.

"줄 때 먹어라."

염세악의 다소 가라앉은 목소리에 육조기 움찔하며 대꾸했다.

"바, 밥맛이 없습니다."

"밥맛이 없어?"

염세악이 고기를 뜯다 말고 힐끔 육조를 쳐다봤다.

"흠……?"

육조의 안색을 살피던 염세악이 멧돼지 뒷다리를 잠시 바닥에 내려놓은 뒤 번들거리는 기름 묻은 손을 바짓단에 슥삭슥삭 닦았다.

그리고 말했다.

"그럼, 아예 밥숟가락 놓게 해줄까?"

"……!"

순간 육조의 눈이 전광석화처럼 염세악의 안색과, 눈빛, 그리고 옷에 닦아내는 빈손을 쓸어갔다.

꿀꺽.

침을 삼킨 육조가 얼른 고기를 집어 들어 와그작 씹으며 말했다.

"고기 맛이 참 좋습니다요!"

"그건 그냥 돌멩이잖아."

순간 육조가 손에 든 돌을 등 뒤로 번개같이 던지며 다시 바닥에 있던 고깃덩이를 집어 들었다.

"고기 맛이 끝내줍니다요!"

염세악이 그 말에 인상을 찡그렸다.

"니가 무슨 제삿밥 먹으로 온 조상님이냐? 먹어보지도 않고 끝내주긴 뭘 끝내줘?"

"히끅? 히끅!"

육조는 눈을 희번덕이는 염세악을 보자 그만 딸꾹질이 올라왔다.

"……?"

그걸 본 염세악이 눈썹을 모으며 살짝 주먹을 말아 쥐자 육조가 반사적으로 양 옆구리를 감싸 쥐며 필사적으로 소리쳤다.

"머, 멈췄습니다! 멈췄습니다! 보십시오! 자— 아!"

육조가 미친 듯 몸을 흔들었다.

염세악 보고 놀란 딸꾹질이 염세악을 보고 놀라 멈춘 것이다.

"아까 용천장에서 보냈다고 했지."

끄덕끄덕.

"그럼 지금도 그쪽에 연통을 넣을 수단이 있겠구나."

끄덕끄덕.

"그럼, 기별 넣어. 내가 남도련 지우러 가고 있다고."

끄……?

"…예?"

전혀 예상치 못한 염세악의 말에 육조의 입이 쩍 벌어졌다.

"더 알려도 상관없다. 아니, 좋다. 그 패도인지 뭔지 하는 애송이가 왜 죽었는지, 어떻게 죽었는지, 누구에게 죽었는지. 또한 네가 본 화산파에 대해서 말해줘도 상관없다."

"저, 정말입니까?"

육조는 염세악의 진실한 속내 여부를 떠나 그의 말 자체에 정신이 하나도 없었다.

염세악이 고개를 끄덕였다.

"용천장 말고 다른 데도 알리고 싶으면 얼마든지 알려."

"······!"

육조의 눈알과 머리가 미친 듯이 굴러갔다. 하지만 그러면 그럴수록 염세악의 말은 갈수록 이해가 가지 않았다.

"저··· 검신님! 에··· 그러니까 전부 다, 전부 이야기해도 되는 겁니까······?"

끄덕끄덕.

"전부요?"

끄덕끄덕.

"용천장 말고도 다른 곳에 다가도요?"

끄덕끄덕

"정말? 진짜로? 검신님에 관해서도 말입니까?"

두 번 세 번 거듭 확인하는 육조의 말에 결국 염세악의 더러운 성질이 폭발했다.

"근데, 이 짜식이? 속고만 살았나? 너, 너너 일루 와봐!"

"예, 예? 왜, 왜 그러······."

"이리 오라고 했지, 누가 뒤로 가라고 했어? 빨리 안 튀어와!"

"히익?"

그러나 육조가 머뭇거리는 사이 염세악의 구겨진 얼굴이 돌연 폭발적으로 확대되며 육조의 시야를 가득 채웠다.

"······!"

그리고.

빠─ 악!

"끄으아아악?"

융중산 기슭을 호령하던 산중의 맹수들이 돌연 산천을 떨어 울리는 비명 소리에 하나같이 납작 엎드렸다.

그들은 느낄 수 있었기 때문이다.

비명 소리에 담긴 근원적인 공포심을.

＊　　　＊　　　＊

아직 산을 휘어감은 운무가 채 가시지 않은 이른 아침.

십 보 거리만이 시야에 장애가 없는 화산파 경내의 한 폐사당 앞에서 옷자락이 격렬하게 펄럭이는 소리가 오갔다.

펄럭! 파라라락!

프파파파팡!

쉴 새 없이 몸살을 앓는 소매와 맹렬하기 이를 데 없는 공기의 마찰음에 반해 몸의 주인이 내는 숨소리는 너무도 가늘어 전혀 격렬한 움직임을 보이고 있지 않는 듯 착각을 불러왔다.

화산파의 복장이 아닌 빛이 바랜 청의 무복을 한 청년.

이마를 타고 흐르는 땀방울이 뺨을 길게 그은 오래된 상흔을 타고 쏜살같이 흘러내려 턱밑에 맺혔다.

홍화순이었다.

"핫―!"

격렬한 움직임으로 안개 속을 수놓던 홍화순이 숨을 끊는 짧은 기합성과 함께 두 발에 힘을 주자 지면 위를 주르륵 미끄러지며 멈춰 섰다.

그런 홍화순이 멈춰선 뒤쪽으로는 두껍고 단단한 지면을 한 치씩 파고들어 간 발자국이 선명하게 나 있었는데, 어찌 보면 만개한 매화꽃을 보는 것 같기도, 또 어찌 보면 포효하는 범의 아가리를 보는 것 같기도 했다.

"후우… 읍."

긴 숨을 천천히 뱉어내던 홍화순이 양어깨를 부드럽게 움직이며 팔을 내려놓는가 싶더니 두 팔을 서로 사선을 교차하며 맹수의 발톱처럼 십지(十指)에 날을 세운 양조(兩爪)를 바로 앞의 낡은 석등을 향해 내리 그었다.

까그그그극! 펑!

낡기는 했으나 어지간한 장정의 허리둘레만 한 석등이 홍화순의 양조에 두부장 이기듯 으스러졌다.

광야흑표권(廣野黑豹拳).

홍화순의 아비인 홍괴불이 화산파에서 수학하며 대성한 복호권(伏虎拳)과 능라수(綾羅手)를 기반으로 창안한 홍씨 일가의 비전이었다.

홍괴불은 광야흑표권의 일 초식만으로 항주의 수없이 많은 도전을 이겨내며 일심무관을 항주제일무관으로 우뚝 세웠을 뿐만 아니라, 밤의 무림이라 불리는 중원 흑회를 통일해 흑표란 명호로 군림했다.

적어도 홍괴불과 홍화순에게 있어서 광야흑표권은 무적이라는 자부심이 서린 가전의 보물이었다.

부우—! 부우—!

"……!"

더운 땀을 훔치며 조식을 하기 위해 발걸음을 옮기던 홍화순이 돌연 우뚝 멈춰 섰다.

부우—! 부우—!

홍화순의 시선이 정적을 깨우는 부엉이 소리에 고개가 돌아갔다.

부우—! 부우—!

다시 한 번 들리는 소리에 홍화순이 박자를 타듯 속으로 그를 헤아렸다.

'길게 한 번. 짧게 두 번. 그리고 다시 길게 한 번.'

소리의 정체는 야묘(夜猫).

묘하게도 홍화순은 울어대는 소리보다 반 박자 앞서 먼저 그를 정확히 맞추고 있었다.

동이 튼 아침.

수리부엉이는 이른 아침에 울지 않는다. 달리 사람들이 야
묘라 부르겠는가.

그리고 야묘는 겨울에 운다.

지금은 겨울에 접어든 시기도, 겨울이 끝나가는 시기도 아
니었다.

"……."

소리가 들려온 곳을 한참을 응시하던 홍화순이 언제 그랬
냐는 듯 발걸음을 돌렸다.

특별히 친밀한 것도, 친밀해진 것도 아니었지만 홍화순, 백
소령, 화소옥, 그리고 은씨 형제는 별일 없으면 함께 모여 식
사를 했다.

본산제자들은 그네의 법도에 따라 항렬별로 식사를 하는
데다 분위기가 딱딱할 정도로 경건해 불편했고, 속가 제자의
신분이라 법도니 예법이니 따지고 들어가면 밥이 어디로 넘
어갈지 모르는 판이니 딱히 애써 함께하고 싶은 마음도 없었
다.

식사를 마치고 일어서던 중, 백소령이 흘깃 좌측 옆자리를
쳐다봤다.

홍화순이 아직 식사를 끝내지 않고 아직도 밥을 태반이나

남긴 채 느릿느릿 밥을 먹고 있었다.

겉으론 말수가 적고 감정의 기복이 없어 보이는 차분한 성격으로 보였지만 여자 특유의 세심함 탓에 백소령은 홍화순이 본래 그런 성격이 아님을 간파하고 있었다.

이유는 아주 간단했다.

바로 밥 먹는 습관 때문이었다.

홍화순은 밥을 먹는 데 젓가락질 더도 덜도 없이 딱 세 번이면 끝이었다.

그렇다고 해서 철저한 자기만의 규칙에 따른 일정한 어떤 의미가 있는 것은 아니었다.

밥을 뜰 때도 반찬을 퍼 나를 때도 그때그때 다를 정도로 아무렇게나 담았다가 양이 어떻든 무조건 세 번에 걸쳐서 깨끗이 그릇을 비웠으니까.

이는 곧 그의 성정이 매우 급할 뿐만 아니라 차분하기보다는 그때그때 따라 감정을 쫓아 행동한다는 뜻이었다.

물론 듣기에 따라 나쁜 뜻일 수도 있지만, 좋게 표현하면 자기 주관이 뚜렷해 과단성이 있고 매사에 적극적이며 뒤를 돌아보지 않는 성격이랄 수 있었다.

이것이 백소령이 은연중 파악한 홍화순의 사람 됨됨이었다.

그런데 그런 홍화순이 전혀 평소 그와 어울리지 않는 행동을 하니 좀 이상히 보였던 것이다.

하지만 백소령은 이를 크게 이상히 여기지 않았다.

그저 그럴 수도 있겠지 하는 정도?

물론 다른 이들은 홍화순이 밥을 떠먹든, 탕을 마시든 아예 관심조차 없이 바삐 제 갈 길로 내뺐다.

본산제자들이 일과를 재개하기 위해 흩어지고 동병상련의 신세인 일행도 사라지자, 홍화순이 아직 반도 먹지 않은 밥에서 젓가락을 내려놓았다.

그릇들을 치운 홍화순의 발걸음은 처소가 아닌 한적한 길을 따라 구불구불한 언덕 위로 나무들이 우거지고 담장이 낮아진 곳에 이르렀다.

홍화순이 그중 가슴 아래께로 오는 어느 담장 곁에 멈춰 서자 그 너머의 우거진 나무 뒤쪽에서 죽립을 쓴 사내 하나가 조용히 걸어 나왔다.

홍화순과 담 하나를 격한 바로 앞까지 온 사내의 죽립이 공손히 숙여졌다.

"혈표 소방주를 뵈옵니다."

그러나 홍화순은 사뭇 딱딱하게 굳은 표정으로 조용히 뇌까렸다.

"이게 무슨 짓이냐. 따로 기별이 있을 때까지 화산 안으로 아예 들어올 생각조차 하지 말라고 하였거늘."

"소인이 생각하기에 소방주께서 알고 계셔야 할 것으로 판단되어 감히 명을 어겼습니다."

홍화순이 눈살을 찌푸렸다.

청방, 나아가 흑회는 밤무림이라고 해도 수직적 상명하복의 엄정함은 결단코 명문방파 못지않았다.

오히려 그것이 지켜지지 않았을 때의 형벌은 유서 깊은 무가방파보다 훨씬 더 추상같고 잔혹할 정도였다.

"어디의 누구냐?"

조금 늦은감이 있는 물음에 사내가 눌러쓴 죽립의 턱 끈을 풀며 벗었다.

죽립 안의 사내는 예상 외로 청년이 아닌 굵직굵직한 인상의 중년 장한이었다.

"화음 분타주 '교' 라 하옵니다."

"……!"

홍화순의 눈이 커다래졌다.

설마 화음현을 관장하는 분타주가 직접 발걸음 할 줄은 예상하지 못했던 것이다.

홍화순이 청방 소방주의 신분이고 교라는 자가 작은 화음현의 분타주라곤 해도 그저 소식을 전하는 일 따위로 분타주씩이나 되는 자가 직접 움직인다는 것은 다소 과함이 있었기에.

조금 놀라기는 했지만 바로 평소의 신색을 회복한 홍화순은 그러나 말투를 바꿔 말했다.

"지금은 좋지 않소. 방의 일은 나중에 따로 방법을 취하시오. 지금 태사조의 심기가 아주 불편하오."

"소방주……."

"내 말뜻을 모르겠소? 자칫 발각이라도 되는 날엔 그다음은 장담할 수가……."

"검신께선 지금 화산파에 계시지 않습니다."

"……?"

놀람에 앞서 홍하순의 얼굴 위로 무슨 뚱딴지같은 소리냐는 의아함이 떠올랐다.

교라는 자가 말했다.

"금퇴현, 낙남현, 흑룡구, 상남현에서 검신을 봤다는 급보가 흑회 형제들에게 날아들었습니다."

"……!"

순간 홍화순이 놀람으로 눈을 부릅 치떴다.

"모두 간밤의 일이옵고, 앞서 말한 곳들은 화음현 아래 섬서 남쪽 지역입니다. 그리고 오늘 새벽, 남화당과 조양현에서 검신을 봤다는 급보가 동시에 날아들었습니다."

"……."

홍화순은 놀람이 가시기도 전에 머릿속이 혼란스러워졌다.

태사조가 화산파에 없다?

"남화당과 조양현은 호북 땅에 있는데 섬서 남단에서 목격했다는 보고가 채 하루가 지나기도 전에 어찌 이런 일이 가능한……"

이것을 무엇을 뜻하는가?

홍화순의 귀에는 교의 못다 한 보고가 더 이상 귀에 들어오지 않았다.

왜 그랬을까? 아마도 본능이었을 것이다.

홍화순은 불현듯 은씨 형제가 했던 말을 떠올렸다.

─태사조께서 섬영도룡을 살려 보내면서 이렇게 말씀하셨다는구려.

'맙소사?'

홍화순의 표정이 무섭게 굳어 들어가며 소리 없는 신음성을 흘렸다.

─남도련, 내가 직접 지워주겠다고.

'가셨구나! 정말 남도련을 지우러!'

홍화순은 모골이 송연해지는 것을 느꼈다.

그 감정의 정체가 끝을 알 수 없는 태사조의 무시무시함 때문인지, 강남무림의 거악인 남도련과 기어이 일전을 벌이게 된 화산파의 운명 때문인지는 딱 꼬집어 말할 수가 없었다.

"…소방주! 소방주!'

"……!"

홍화순은 교가 재차 부르는 소리에 산란한 정신을 수습하며 다시 고개를 돌렸다.

"또 뭐가 있소?'

홍화순은 이보다 더 중요하고 또 놀랄 일이 뭐 있겠냐는 투였다.

"어제 화음현 포구에서 비매절영(飛毎絶影)이 배에 몸을 싣는 것을 확인했습니다."

'비매절영?

홍화순은 일순 누구를 가리키는 것인지 잘 생각이 나지 않았다.

교가 말했다.

"침정궁주……."

"……!"

"화산파의 침정궁주인 신웅담 장로 말이옵니다."

기어이 홍화순의 입이 벌어졌다.

칩거 중이라던 침정궁주 신웅담마저 화산에서 사라지다니?

'이, 이게 무슨 일인가? 뭐가 대체 어떻게 돌아가는……?'

그때, 멀리서 두런두런 이야기를 주고받는 목소리가 들려오며 기척이 가까워졌다.

화산파 본산제자였다.

교가 죽립을 눌러쓰고 조용하고 은밀히 천천히 숲 안쪽으로 물러나며 말했다.

"계속 보고를 올리오리까?"

고민할 것도 없었다.

홍화순은 고개를 끄덕였다.

"응? 거기 홍 사질인가?"

홍화순이 몸을 돌려 본산제자들을 향해 두 손을 가지런히 모아 예를 올렸다.

그런 그가 서 있는 담장 너머에는 더 이상 사람의 흔적은 없었다.

교라는 이는 이미 숲 안쪽으로 모습을 감춘 후였기 때문이다.

*   *   *

"이곳이 어디쯤이오?"

화북 지역에서 봇짐장사로 잔뼈가 굵은 장 씨는 백발의 성성한 노도사가 묻는 말에 귀찮아하지 않고 선선히 대답해 줬다.

"저기 저 산을 반산(盤山)이라 합지요."

노도사가 다시 물었다.

"천진이 예서 얼마나 되오?"

상인인 장 씨가 아주 잘 아는 바라 고민도 없이 즉각 알려 줬다.

"아주 가깝지요. 이대로 동남으로 길을 잡아 곧장 사십 리 면 천진입지요."

"무량수불. 고맙소이다."

"별 말씀을요. 거 천진에 가면 조심하시오. 워낙 문전성시라 눈뜨고 코 베일 곳이라오!"

노도사가 빙그레 웃으며 고개를 끄덕였다.

"잘 알겠소이다."

장 씨는 고집스러움이 느껴지는 깡마른 외모와 달리 어쩐지 현기로움이 느껴지는 목소리와 미소를 보며 역시 도사는 뭔가 달라도 다르고, 겉으로 사람을 봐선 안 되겠구나라고 생각했다.

좋은 일을 했다는 생각에 흥얼거리며 잠시 지체했던 발걸음을 옮기는데 장 씨의 귀로 이상한 소리가 들렸다.

스르릉! 스르릉!

"……?"

허허벌판을 두리번거리던 장 씨가 이내 소리의 진원지가 지나온 길 뒤쪽임을 알고는 돌아봤다.

"헉?"

소리가 들려온 곳을 바라본 장 씨가 안색이 변해 헛바람을 집어삼켰다.

소리의 정체는 숫돌에 기다란 칼의 날을 벼리는 소리였다.

그리고 그 칼날을 벼리는 사람은 다름 아닌 방금 전까지 사람 좋은 미소를 보이던 바로 그 깡마른 백발의 노도사였다.

길바닥에서 칼을 갈며 걸어가는 위인이라니?

그것도 도사가?

머리끝이 쭈뼛 선 장 씨가 뒷걸음질을 치다가 이내 몸을 와락 틀어 허겁지겁 쏜살같이 지평선 끝으로 사라져 갔다.

"으음! 쑤시지 않는 데가 없구나."

마침내 천진 안으로 들어선 백발의 노도사, 화산파 장로 비매절영 신응담은 삭신이 다 쑤시는지 긴 한숨을 토해냈다.

하지만 밤을 낮 삼으며 잠까지 거르며 천진에 도착한 신응담의 눈동자는 차가운 별처럼 더 매섭게 변했다.

생전 처음 와보는 타향길이었지만 신응담은 몇 사람에게 묻지 않아도 금세 목적한 곳을 찾을 수 있었다.

팔두마차 두 대가 나란히 들어가고도 남을 거대한 대문과 용사비등한 필치로 써 내려간 현판.

신웅담은 마침내 도착한 목적지의 정문을 보며 짧게 감흥을 읊조렸다.

"크구나."

그리고 신웅담은 다시 양손에 검과 숫돌을 들었다.

스르릉! 스르릉!

"……?"

지나가던 사람들이 길 한가운데 서서 칼날을 벼리는 신웅담을 보며 호기심 가득한 표정을 지었다. 어떤 이들은 화들짝 놀라 멀찍이 피해 갔고, 어떤 이들은 무슨 일이 벌어지려는 것인지 본능적으로 느낀 듯 자리를 뜨려 하지 않았다.

대문을 지키는 선위무사들도 신웅담의 출현을 알고 있었다.

하지만 연로한 노인인 데다 딱히 소란을 피운 것도 아니라 그저 잠시 시선을 주었을 뿐, 그 이상 관심을 두지 않았다.

신웅담의 괴행에 차츰 사람들이 모여들었다. 그리고 어느 순간 신웅담의 차림새와 소매를 본 노회한 누군가가 속삭였다.

"저건 화산파 도사의 복장이오."

"뭐요? 화산파?"

속삭임에 대꾸한 이가 놀라 소리를 크게 내질렀다.

구경꾼들은 신웅담의 출신내력이 밝혀지자 놀라 웅성거렸다.

"우와! 화산파래?"

"화산파? 육대문파의 그 화산파?"

"그런가 봐!"

그때, 천진의 한 토박이가 커다란 대문이 있는 전각 쪽을 가리키며 고개를 갸웃거렸다.

"근데, 저기가 화산파 속가문인이라고 하지 않았나?"

"그래? 잘 모르겠는걸?"

스르릉! 스르릉.

탁.

칼날을 벼리던 신웅담의 손길이 멎었다.

그리고 그의 눈길이 굳게 닫힌 대문 위의 현판을 응시했다.

당금 천진에서의 위세를 자랑하듯 거대하고 힘찬 필치로 수놓은 글자.

[天津霹靂堂]

신웅담은 그 글자를 한 자 한 자 또박또박 읽어 내려갔다.

"천 · 진 · 벽 · 력 · 당."

그리고 수많은 이가 지켜보는 가운데 신웅담이 발을 뗐다.

천진제일세라는 곳을 향해서.

멀리 번화한 성도가 보이는 능선 위.

육조가 성도 쪽을 바라보며 침을 꿀꺽 삼켰다.

"저, 저저저 정말 저기부터 칠 작정이십니까?"

"왜?"

뒷짐을 진 채 서 있는 염세악이 뭐가 문제냐는 투다.

이미 공포의 끝에 다다라 안색이 누렇게 뜬 육조가 얼빠진 표정으로 말했다.

"아, 아무리 그래도, 어찌 처음부터 저곳을?"

염세악은 태평했다.

입이 찢어져라 하품을 하며 기지개를 있는 대로 켜면서 심드렁하니 말했다.

"가는 데 순서 있다더냐?"

"……."

틀린 말은 아니다.

세상에 태어날 때야 순서가 있지만 갈 때는 누가 먼저 갈지 모르는 일이니까.

'이런 빌어먹을? 그래도 이건 아니잖아!'

육조의 내뱉지 못한 절규가 가슴속에서 메아리쳤다.

"가자! 다 와서 뭉그적거리는 건 질색이야."

"으으······."

휘적휘적 앞장서는 염세악을 보는 육조의 눈에 암담한 빛이 어렸다.

이제 하늘이 두 쪽이 나도 더는 피할 수가 없는 것이다.

아득한 절망 뒤에 찾아온 것은 분노였으며 그 화살은 멀리 보이는 목적지인 성도로 향했다.

'이게 말이 돼? 어떻게? 어떻게! 여기까지 오도록 단 한 무리는커녕 한 놈도 길을 막는 놈 하나 없단 말이냐! 여기까지 오도록!'

생각할수록 육조는 기가 막혔다.

남도련을 지우겠다는 검신이 대놓고 온 것은 아니지만 그렇다고 몰래 온 것도 아니다.

밤에 잘 건 자고, 유명한 객잔에서 지 돈은 단 한 푼도 안 쓰면서 온갖 산해진미는 다 맛보고, 그리고 쨍쨍 밝은 대낮에 당당히 왔으니 말이다.

그것뿐인가?

육조는 앞서 가는 염세악을 보자 울화가 치밀어 올랐다.

'빌어먹을 남도련! 네놈들은 죽어도 싸다! 아주, 대놓고 나 화산파요 하고 매화 등라의까지 걸쳤는데 어째서 아무런 방해나 장애 없이 여기까지 올 수 있단 말이냐! 어째서!'

게다가 검신은 섬영도룡 사마홍락을 사지 멀쩡히 살려 보내 남도련을 지울 것이라 언질 했으니 사실상 미리 대비하라 일러준 것이지 않은가.

'도대체 왜……!'

육조는 머리를 싸맸다.

"아, 빨리 안 튀어와?"

"흑?"

염세악이 살짝 인상을 쓰며 역정을 내자, 육조가 찔끔해 얼른 달려갔다.

그리고 생각했다.

'뭐? 남도련 최고의 지략가 명견혜도? 하?'

그 대단하다는 사마군이 얼마나 대가리가 좋은지 몰라도 이런 건 꿈에도 예측하지 못했을 거다.

칠절패도 여양종을 죽인 저 검신이.

남도련을 지우겠다 미리 예고까지 하며 공언한 저 검신이.

'설마하니 그 길로 곧장 남도련의 심장부인 이곳 장사에 올 줄은!'

第五章

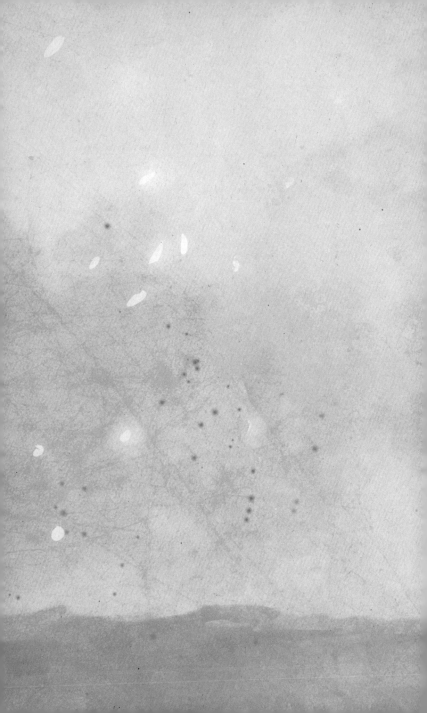

사마군은 꿈을 꾸었다.

　남도련의 의사청인 천추전(千秋殿)이 보이는데 대전을 받치고 있는 것은 오색의 구름이요, 천추전은 전체가 눈이 부실 정도로 상서롭기 짝이 없는 칠채서광에 휩싸여 있었다.

　발밑의 오색 구름이 융단처럼 사마군의 몸을 옮겨 천추전 안으로 데려가더니 천하무림의 종사들이 그를 향해 극공의 예를 취하며 모두가 한 방향을 가리켰다.

　사마군이 보니 천추전의 가상 상석에 구름 위에 놓인 찬란한 옥좌가 보였다.

사마군은 운명에 이끌리듯 구름 계단을 올라 옥좌에 앉았다.

그러자 만조백관에 황제를 향해 경배하듯 그를 향해 무림의 종사들이 일제히 하례를 올렸다.

또한 어느새 손에 쥔 황금잔에는 좌우의 칠 선녀가 옥선주를 따라주는 것이 아닌가.

사마군이 기쁜 마음에 앙천광소를 하며 옥선주를 단숨에 들이켰다.

하지만 잔에 담긴 술을 가득 비운 사마군이 술잔에서 입을 떼며 호쾌하게 젖혔던 고개를 제자리로 돌렸을 때, 주변의 광경이 거짓말처럼 변해 있었다.

'아니?'

사마군이 놀라 옥좌에서 벌떡 일어섰다.

서광으로 빛나던 천추전이 불타고 재만 남아 간신히 흔적만 남은 기둥 몇 개만이 희미한 연기를 피워 올리는 폐허로 변해 있었다.

방금 전까지도 양팔을 번쩍 치켜들고 천세를 외치던 무림 종사들은 신기루처럼 사라져 흔적조차 보이지 않았다.

문득 손에 쥔 금잔을 본 사마군이 기겁했다.

보광을 자아내던 금잔은 빛이 바래고 금이 간 것이었으며, 안에 담긴 그토록 달고 맛있던 술은 옥선주가 아닌 비린내 가득한 새빨간 피였다.

사마군이 질겁해 술잔을 집어던졌다.

'호호! 사마 공!'

'사마 공—!'

사마군은 술을 따라주던 칠 선녀가 부르는 소리에 고개를
돌렸다.

순간 그가 본 것은 더할 수 없이 아름다운 천상의 칠 선녀
가 아니었다.

'헉?'

그들은 똑같이 한 몸에 얼굴은 두 개요, 머리카락은 수백
마리의 독사가 꿈틀대고 동공이 없는 눈에서 시뻘건 불길을
뿜어냈다.

'이놈! 목을 내놓아라!'

칠 선녀가 아닌 지옥의 나찰녀들이 혓바닥으로 사마군의
몸을 옥죄며 귀두도를 번쩍 치켜들었다.

'으, 으아악?'

"……!"

눈을 번쩍 뜬 사마군은 별호에 어울리지 않게 잠시 눈을 껌
벅거렸다.

하도 생생해 꿈인지 생신지 긴가민가했던 것이다.

식은땀으로 흠딱 젖은 침상에서 몸을 일으킨 사마군은 아침이 훌쩍 지난 시간임을 깨닫자 눈살을 찌푸렸다.

그것은 비단 평소와 다르게 늦잠을 잔 이유 때문만은 아니었다.

방금 전까지도 생생했던 꿈 탓이었다.

'흉몽이라니……'

꿈은 보통 자고 일어나면 기억이 나지 않는다.

그럼에도 특별히 기억으로 남는 꿈은 둘 중 하나였다.

좋은 일이 생길 징조인 길몽과, 그 반대의 의미로 경고를 보내는 흉몽.

생전 꿔보지도 않던 흉몽이란 것을 꾼 사마군은 다소 창백해진 안색으로 가만히 꿈을 곱씹었다.

천문지리에 달통하고 공부가 깊은 사마군은 자신이 꾼 꿈을 단순히 여기지 않았다.

'흉사가 있을 징조인가? 그도 아니면 내 일신에 화가 미침을 예고하는 것일까.'

해몽을 해보자니 애매했다.

좋지 않은 의미는 분명한데 그것이 자신에 관한 꿈인지 향후 남도련에 닥칠 어떤 흉사를 예고하는 것인지 판단이 서질 않았기 때문이다.

한참을 골똘히 생각에 잠겨 있던 사마군은 불현듯 흉몽을 해몽해 보겠다고 한 식경이나 훌쩍 보내 버리자 쓴웃음을 지었다.

'늙은 것인가?'

의관을 정제하며 바라본 면경 안에는 반백으로 변해가는 머리칼이 보였다.

쓸쓸한 웃음을 머금은 사마군이 잡념을 털어낸 뒤 침소 밖으로 나갔다.

하지만 애써 추스른 심신이 밖의 정경에 와락 일그러졌다.

"허—! 이건 또 뭐냐?"

밤새 때 이른 서리가 내렸는지 정원 꼴이 말이 아니었다.

어제만 해도 화사했던 꽃들이 시들시들해진 것은 물론이요, 하루 새 무성하게 떨어져 내린 낙엽들이 곳곳에 어지럽게 나뒹굴고 있었다.

깔끔하고 정돈된 것을 병적으로 좋아하는 사마군인지라 대번에 심기가 상할 수밖에 없었다.

그렇다고 집무를 볼 시간에 한가롭게 정원이나 가꿀 수는 없는 노릇, 찝찝함을 지우지 못한 표정으로 밖으로 향할 수밖에 없었다.

사마군의 발걸음이 다시 멈춘 것은 남도련의 중추이자 상징으로 불리는 천추전.

사마군은 자신의 피땀으로 일궈낸 남도련의 상징 천추전

을 처음으로 찝찝한 눈길로 쳐다봤다.

꿈 탓이리라.

그렇게 애써 가슴 한켠에 드리운 찝찝함을 털어냈다.

하늘을 꿰뚫을 듯 솟아 있는 구 층 전각의 위용을 볼 때마다 평생을 다해 일궈놓은 업적에 얼마나 뿌듯해했던가.

장강 이남을 일통한 뒤 짓기 시작한 천추전은 착공을 시작하여 완성하는 데만 오 년이 걸린 어마어마한 위용의 전각이었다.

보는 이들을 절로 움츠리게 만들 만큼 웅장한 전각. 무공에만 미쳐 사는 남도련주에게 쓸데없는 짓이라 면박까지 받았지만 정작 완공되고 난 후엔 그 역시 흡족한 미소를 지은 전각이 바로 천추전이다.

천추전의 '천추'는 만고에 길이 남아 승자의 역사에 기록되리라는 사마군의 염원과 야심이 함축된 글자였다.

그 후 천추전은 그의 바람과 의도대로 남도련의 힘을 상징하는 곳이 됐다.

그리고 아직은 아니지만 언젠가는 기필코 천하무림의 중심이 될 것이라 확신했다.

'내가 안 되면 내 아들이, 또 그 아들이 이루면 된다. 나는 그저 남도련을 천추에 이르도록 우리 사마가 변치 않는 주인으로서 반석 위에 올려놓으면 되는 것.'

아무도 모르는 사마군의 본심.

"음?"

사마군은 천추전에 들르지 않고 곧바로 규성재로 발길을 돌리려다 해괴한 표정을 지었다.

너른 앞뜰 너머로 대문이 활짝 젖혀지며 들어서는 한 인물.

온몸을 검은 야행복으로 가린 검객.

필경 정체를 드러내지 않기 위함일 텐데 대놓고 사마군을 향해 달려오고 있었다.

물론 사마군은 그가 온몸을 검은 천으로 가리고 있어도 누군지 정확히 알고 있었다.

"묵환(默幻)?"

사마군의 말이 채 끝나기도 전에 검은 복면 검객의 신형이 흐릿한 잔상을 보이는가 싶더니 그의 발 앞에 불쑥 솟아나 한쪽 무릎을 꿇으며 부복했다.

"사마 공."

사마군이 눈살을 한가득 찌푸렸다.

"네가 밀각(謐閣)의 수장임을 망각했느냐? 사람들이 보는 백주대낮에 이 무슨 망동인 게야."

"지금 바로 군웅정(群雄庭)으로 납셔야 할 듯하옵니다."

"군웅정? 거긴 왜? 무슨 일이기에 이러는 것이냐?"

군웅정은 남도련 정문을 통과하자마자 반기는 넓은 광장

을 말함이다.

"지금 창룡단주가 거기 계십니다."

"……!"

사마군이 깜짝 놀라 소리쳤다.

"홍락이가? 홍락이가 돌아왔단 말이냐!"

"호북의 여양현이란 곳을 지나 귀대 중이던 봉황진대(鳳凰震隊)가 발견해 곧바로 구해냈다고 합니다."

순간 사마군이 고개를 갸웃거렸다.

"구해? 뭘 구했단 말이냐? 홍락이를 만난 게 아니라 구했다고?"

이상함을 느낀 순간 불현듯 사마군은 갑자기 어떤 말들이 뇌리를 스치고 지나갔다.

'호북 지역의 소정현이란 곳에서 인가받지 않은 전서구가 왔사온데……'

'뭔가, 빨리 말하고 가시게.'

'발신인이 사마 공자로 되어 있사옵니다.'

'화산에 있어야 할 녀석이 거기 왜 있어? 말이 되는 소릴 해야지!'

그때까지도 우두커니 서 있기만 하던 사마군이 돌연 군웅정을 향해 발걸음을 옮겼다.

그러면서 뒤따라붙는 묵환에게 물었다.

"여양현이란 곳이 소정현이란 곳과 가까운 곳이냐?"

묵환이 바로 답했다.

"서로 걸어서 한 나절 정도의 거리입니다."

"……"

사마군의 표정이 돌덩이처럼 굳어졌다. 그리고 발걸음이 빨라지더니 종래에는 군웅정을 향해 달리기 시작했다.

사마군의 머릿속으로 떠올리고 싶지 않은, 그리 오래지 않은 기억이 돌아왔다.

'한데 그 내용이란 것이……'

'아, 내용이 뭔데 그러나?'

'그것이… 패, 패 패도께서… 패도께서 화산과 검신에게 살, 살해당하셨다고……'

사마군의 낯빛에서 핏기가 가셨다.

'아니야. 아닐 게야. 말이 되는 소릴 해야지. 그럴 리가 없잖은가? 그럴 리가. 여양종이 누군데?'

"허? 집 한번 크구나! 규모만 보면 아주 무림을 통째로 먹은 줄 알겠어?"

"저… 검신님."

"……?"

염세악이 고개를 돌리자 육조가 주변을 살피며 속닥였다.

"이곳은 남도련 총본영입니다. 목소리를 좀 낮추시는 것이……."

"뭐?"

염세악이 이런 미친놈을 봤나, 라는 눈길로 육조를 쳐다봤다.

"네놈은 바보냐? 여길 거덜내러 온 판국에 목소리는 왜 낮춰?"

오히려 언성이 높아지자 육조가 기겁했다.

"검, 검신님!"

"이거 머리카락 좀 허옇길래 대우 좀 해주려고 했더니 나이를 똥구멍으로 처먹었나? 아니면 어디 한 군데 덜떨어진 팔푼이야?"

도인 검신 한호답지 않은 실로 염세악스러운 막말이었지만 말문이 막혔는지 육조가 아무 대꾸도 못하고 오히려 계면쩍은 표정을 지으며 괜한 헛기침을 연발했다.

"아, 비켜! 이놈아!"

어깨를 밀치며 나아간 염세악이 휘적휘적 팔자걸음으로

남도련 대문 앞까지 걸어갔다.

"멈추시오!"

그 커다란 위용만큼이나 거대한 정문은 보통은 서넛이 지키는 것과 달리 선위무사가 무려 기십을 헤아렸다.

그중 가장 연장자로 보이는 위맹한 인상의 장년인이 검을 들어 염세악의 앞을 가로막았다.

"어디의 누구인지 신분을 밝히시오."

장년인의 말에 염세악이 힐끗 시선을 주곤 귀찮다는 듯 매화문양의 소매를 눈앞에 흔들어 보였다.

"화산파에서 왔다."

"……?"

장년인과 선위무사들은 염세악이 화산파에서 왔다는 말에 의아한 표정을 지었다.

마치 그 먼 섬서 땅의 화산파가 여기까진 뭔 일로 왔냐라는 얼굴들이었다.

황당한 건 오히려 염세악이었다.

그리고 그런 황당한 심정은 멀찍이 떨어져 있던 육조도 마찬가지였다.

'남도련이 망조가 들었구나! 뭐냐 저 반응들은? 여양종의 목을 친 장본인이 왔는데 붕어새끼들처럼 눈만 껌벅거리다니?'

육조는 기도 차지 않았다.

'사마홍락 그 애송이 놈은 저 괴물이 남도련을 지운다는 말을 제대로 전하기는 한 건가?'

염세악은 심드렁한 표정도, 새털같이 가벼운 눈빛도 싹 지웠다.

그리고 단도직입으로 말했다.

"길을 열어라."

"뭐요?"

다짜고짜 하는 말에 장년인이 눈썹을 꿈틀했다.

염세악이 검지를 들어 대만 처마에 걸린 남도련 현판을 가리켰다.

"금일을 기점으로 남도련은 없다."

"……!"

묵환과 함께 군웅정으로 나는 듯이 달려간 사마군은 마침내 조카인 사마홍락을 볼 수 있었다.

그리고 조카의 몰골을 본 순간 사마군의 불길함은 더욱 배가되었고, 절대로 있을 수 없는 일이라고 여기던 믿음이 흔들리기 시작했다.

사마홍락은 주변을 에워싼 봉황진대의 무인들을 붙잡고 고래고래 소리치고 있었다.

"어째서! 어째서 이것뿐이란 말이냐! 다들 어디 간 거야! 검신이! 검신이 오고 있다니까!"

덜덜 떨리는 손마디, 푹 파여 버린 듯 퀭하니 들어간 눈동자, 봉두난발한 머리의 꼬락서니에 시큼하고 퀴퀴한 냄새는 바지에 실례라도 한 것만 같았다.

묵환의 봉황진대가 사마홍락을 구해왔다는 말이 무슨 뜻인지 충분히 이해가 가고도 남는 모습이었다.

"도, 도망가야 해! 그가 그랬다. 남도련을 지우겠다고… 자신의 손으로 직접 남도련을 지우겠다고……."

사마홍락은 공포에 젖은 얼굴로 목소리를 떨었다.

"빨리… 빨리 도망쳐야 한다니까……."

사마군은 신음하지 않을 수 없었다.

"대체… 대체 무슨 일이 있었던 것이냐."

그릇의 차이가 있긴 해도 지닌 재주로는 뒤지지 않는다 여겨 북검회의 장강옥 못지않은 기린아로 기른 하나뿐인 조카다.

그런데 지금 눈앞의 조카는 완전히 폐인이 되어 섬영도룡 사마홍락의 모습은 찾아볼래야 찾을 수가 없었다.

사마홍락의 어깨를 움켜잡은 사마군의 목소리가 급격히 격앙됐다.

"홍락아! 이놈아!"

"숙, 숙부님?"

그를 알아보는 걸 보니 아주 정신이 나간 것 같아 보이진 않았다.

"제, 제 서찰을 못 받으셨습니까? 도망쳐야 한다니까요? 빨리 도망쳐야 해요!"

"이놈아, 정신 좀 차리거라!"

사마군이 내공을 실어 버럭 사자후를 터뜨렸다.

"으악!"

하지만 오히려 역효과를 불렀는지 사마홍락이 비명을 내지르며 바닥에 주저앉아 온몸을 사시나무처럼 부들부들 떨어댔다.

"사, 살려주십시오… 한, 한 번만, 한 번만 살려주시면 두 번 다시 화산에는……."

사마군의 얼굴이 일그러졌다.

"정신 좀 차리게 만들어라."

묵묵히 시립하고 있던 묵환이 고개를 꾸벅 숙인 뒤 사마홍락을 향해 걸어왔다.

바닥에 널브러진 사마홍락의 멱살을 틀어쥔 뒤 번쩍 들어 올린 묵환이 반대편 손가락을 잔뜩 웅크린 뒤 사마홍락의 머리통을 힘껏 움켜쥐었다.

빠득!

손가락 끝이 뼛속을 파고드는 것 같은 소리가 울린 뒤 처절한 비명이 이어졌다.

"크아아아악!"

비명을 내지르며 온몸을 경련하는 사마홍락을 그대로 내동댕이친 묵헌이 저벅저벅 본래의 자리로 돌아갔다.

푸들! 푸들!

학질 걸린 병자처럼 바닥에서 쉼 없이 경련하는 사마홍락의 얼굴 위로 시뻘건 핏물이 주르륵 흘러내렸다.

그리고 잠시 뒤 거짓말처럼 경련이 잦아들었다.

사마군이 재빨리 다가가 사마홍락의 입을 벌리고는 품속에서 환약 하나를 물렸다.

갓난아이 주먹만 한 환약이 강제로 벌려진 사마홍락의 입을 비집고 들어가 침이 닿자마자 흐물흐물 녹아 저절로 목 안쪽으로 흘러들어 갔다.

그리고 잠시 혼절했던 사마홍락이 파르르 눈가를 경련하며 눈을 떴다.

"으으으으… 숙, 숙부님!"

"부련주와 수라십팔도객은 어떻게 된 것이냐!"

사마군은 조카의 안위보다 우선적으로 확인해야 될 것부터 물었다.

"크으으윽… 죽었습니다."

"뭣이?"

사마군이 눈을 부릅떴다.

"전부 다 죽었습니다! 전부 다요! 화산의 그 검신이 패도 어른을 단 일수에 절명시켰단 말입니다! 단 일수에요!"

"……!"

제정신을 차리고 외치는 사마홍락의 말은 사마군뿐만 아니라 묵환과 주위를 에워싼 봉황진대를 충격 속으로 몰아넣었다.

련을 이끄는 대종사인 여양종이 죽었다는 소리도 믿기지 않는 판에 누구에게 죽었다? 그것도 단 일수에?

"대, 대체 무슨 일이 있었던 것이냐? 화산파에서 무슨 일이 있었던 게야?"

놀라움을 넘어서 경악에 빠진 사마군은 말도 제대로 잇지 못할 정도로 목소리를 떨었다.

이미 그 불길함을 예감했기에, 그는 현실을 부정하고 싶었지만 여양종이 죽었다는 말을 이미 받아들이고 있었다.

"그가, 그가… 온다고 했습니다. 그가 온다고……."

"그라니? 검신 말이냐?"

사마홍락이 미친 듯이 고개를 끄덕였다.

"넌? 넌 어떻게 빠져나왔느냐?"

"검신이 보내줬습니다."

"보내줘?

사마군이 혼란스러운 표정으로 되물었다.

"가서 전하라고 했습니다."

"무엇을 말이냐?"

"으으… 남도련, 남도련을……."

사마홍락은 당시의 기억 자체 때문인지, 아니면 그때가 가장 공포스러웠던 것인지 극도의 두려움으로 낯빛이 시체처럼 하얗게 질렸다.

"남도련을 직접 지우겠다고."

"……!"

순간 사마홍락의 말은 주변의 모든 이로 하여금 얼어붙은 표정을 짓게 만들었다.

사마홍락의 입을 통해서지만, 남도련을 직접 지우겠다는 말에서 무서운 분노를 느낀 것이다.

사마군은 냉정을 되찾으려 애썼다.

'남도련을 지우겠다? 그자가 우리 남도련과 전쟁이라도 하겠다는 건가? 화산파 혼자서?'

염세악은 단신으로 남하해 일을 치르겠다는 뜻이었지만 사마군은 이를 검신 단독이 아닌 화산파로 곡해했다. 하지만 사마군은 그마저도 말이 안 되는 소리로 치부했다.

화산파가 무슨 배짱으로 강남무림 전체와 전쟁을 할 수 있겠는가 말이다.

하지만 웃고 넘기기에는 한 가지 사실이 그를 시시각각 긴장 속으로 몰아가고 있었다.

바로 여양종의 죽음.

그것은 진실이니까.

'여양종이 정말 단 일수에 죽었단 말인가? 아무리 과거에 천하제일인이었다고는 하지만 백 년도 더 훨씬 전의 인물이 아닌가?'

아무리 생각해도 그것만은 믿기지가 않았다.

천하의 여양종이 이렇게 허무하게 갈 줄 누가 알았겠는가?

하지만 어쨌든 사마군의 입장에서도, 나아가 남도련에서도 여양종의 죽음은 결단코 묵과할 수 없는 일이었다.

화산파가 설치지 않아도 남도련이 먼저 나설 일이다. 강북 무림을 장악한 북검회와 전쟁을 치르는 한이 있어도 반드시 빚을 받아야 하기에.

'어쩌면 남도련을 직접 지우겠다고 한 말은 시간을 벌기 위해서일 수도 있다. 그렇다면 화산파는 필시 북검회를 끌어들일 심산인 게로구나.'

사마군의 머릿속이 터져 나갈 것처럼 맹렬히 회전했다.

벌떡 일어선 사마군이 묵환에게 말했다.

"련의 모든 수뇌부에게 지금 당장 천추전으로 오라는 명을 하달해라. 그리고 강남 전역에 련주의 이름으로 총동원령을……."

순간, 아무런 전조도 없이 거대한 굉음이 갑작스레 터져 나왔다.

꽝—!

"……!"

성곽의 문만큼이나 큰, 굳게 잠긴 남도련의 대문이 부서질 듯 들썩였다.

마치 화포의 포탄에라도 맞은 것 같은 장면이었다.

그때였다.

끄거거거걱!

사마군과 모두의 눈에 커다란 양쪽 대문의 무쇠 경첩이 어떤 힘에 의해 점차 휘어지는 모습이 들어왔다.

"저, 저게 뭐야?"

"어떻게 저런 힘이?"

"대체 밖에 무슨 일이 벌어지고 있는 거야?"

남도련 총본영의 전력 중 가장 용맹하고 두려움이 없다는 봉황진대의 무리가 경악한 표정으로 주춤주춤 뒷걸음질을 쳤다.

팔뚝보다도 더 두꺼운 정련한 무쇠 경첩이 휘어지는 힘이라니?

꽝—!

채채채채채챙!

두 번째로 대문이 들썩이자 뒷걸음질 치던 봉황진대가 두려움과 긴장감이 혼재한 상태에서 반사적으로 일제히 칼을 빼 들었다.

끄거거거걱! 팅!

끄거거거걱! 티팅!

"······!"

잠시의 멎음도 없이 휘어지던 무쇠 경첩이 하나둘씩 문설주에서 분리되며 팅겨 나가기 시작했다.

이를 본 묵환의 복면 속 눈매가 날카롭게 변하며 시립해 있던 위치에서 벗어나 사마군을 막아섰다.

그리고 등 뒤에 걸쳐 맨 두터운 도신을 빼 들었다.

스르르르릉.

도갑을 빠져나오는 묵환의 도신이 맹수의 으르렁거림처럼

쇠음을 토하는 찰나.

콰콰쾅—!

앞선 두 번의 충돌음과는 비교할 수 없는 거대한 폭음이 터
져 나오며 무형의 충격파가 남도련 전체를 휩쓸고 뒤흔들었
다.

거대한 대문은 양쪽 문설주에서 통째로 뜯겨 나가 가랑잎
처럼 저만치 날아가 둔중한 진동을 지축에 남기며 나뒹굴었
다.

"윽?"

"큭!"

"컥!"

봉황진대는 가공할 기파가 전신을 훑고 가는 충격에 귀와
코로 검붉은 피를 쏟아내며 비틀거렸다.

"우욱? 컥?"

사마군이 발작하듯 허리를 숙이며 입을 틀어막았으나 기
어이 충격을 이기지 못하고 선혈을 토해냈다.

사마홍락은 이미 다시 정신을 잃은 후였다.

가장 먼저 충격파에 직격당한 묵환은 여전히 사마군의 앞
을 가로막고 서 있었다.

다만 그의 굳게 다물린 입술을 비집고 실낱같은 핏물이 새어 나왔는데 목젖이 크게 움직일 정도로 꿀꺽 삼켰음에도 출혈이 멈추지 않고 있었다.

비산하는 파편들과 뿌연 분진이 소란을 멈추며 조용히 내려앉는 그때.
고요히 지면을 밟는 발소리와 무게가 나가는 무언가가 바닥에 끌리는 소리가 교차로 들려왔다.

자박, 주르륵.
자박, 주르륵.

그 고요하고도 선명한 소리가 모두의 귀로 파고들어 질식할 것 같은 침묵이 엄습해 들었다.
그리고 마침내, 분진을 뚫고 뽀얀 먼지를 한가득 뒤집어쓴 염세악이 모습을 드러냈다.

주르륵, 주르륵.

걸어오는 염세악의 손에는 문을 지키던 선위무사들의 우두머리인 장년인의 발이 들려 있었다.

장년인은 다리 하나가 염세악의 손에 붙들려 있을 뿐, 얼굴이 피투성이로 변해 혼절한 지 오래인 듯했다.

　염세악이 살랑살랑 손을 흔들어 먼지를 가르며 주변을 두리번거렸다.

　그리고 눈앞의 무리를 향해 물었다.

　"사마군이 누구냐?"

　"……!"

　염세악은 생각보다 일이 수월하다고 생각했다.

　대답은 하지 않았지만 자신의 말에 반사적으로 한곳을 쳐다보는 시선을 쫓을 수 있었기 때문이다.

　하지만 앞을 막고 서 있는 자로 인해 시야가 방해가 됐다.

　"좀 비켜봐."

　염세악이 묵환을 향해 콕 집어 말했지만 비키란다고 비킬 그가 아니었다.

　염세악이 이맛살을 찌푸렸다.

　그리고.

　픽!

　사마군과 봉황진대의 얼굴들이 흙빛으로 변했다.

　뭐가 어떻게 된 건지 알 수도 없는 찰나의 순간에 그들이 동시에 본 건 묵환이 복면을 꿰뚫고 시뻘건 피화살을 뿜어내며 칠 장이나 날아가 처박히는 모습이었다.

"……."

봉황진대 대부분이 입이 얼어붙은 얼굴로 미동조차 없는 묵환을 쳐다봤다.

그들도 묵환이 누군지 알고 있었다.

사마군이 심혈을 기울여 키운 밀각의 수장이며 귀신같은 무예를 지닌 자들.

열 명도 안 된다는 그들이 마음만 먹으면 자신들 봉황진대뿐만 아니라 나머지 육진대(六震隊) 전부가 쥐도 새도 모르게 죽어나갈 수 있다는 소리를 들어본 적이 있기 때문이다.

게다가 밀전의 수장인 저 묵환은 본신의 능력이 남도련의 삼대무력 중 하나인 수라십팔도객 삼 인이 동시에 달려들어도 어쩌지 못하는 고강한 자라고 하지 않았던가.

염세악이 파리 쫓듯 슬쩍 한 번 휘저은 손에 저리된 것이다.

삐― 익!

둥! 둥! 둥! 둥!

뒤늦게 남도련 총본영 곳곳에서 적의 침입을 알리는 호각 소리와 북소리가 울려 퍼져 나갔다.

사마군이 입가에 묻은 피를 소매로 닦아내며 천천히 일어섰다.

그리고 침중한 표정으로 물었다.

"뉘시오?"

염세악은 기꺼이 화답했다.

"화산에서 왔다."

"……!"

사마군의 입이 부릅 치뜬 눈만큼이나 벌어졌다.

"그럼, 노 도장이……?"

"오는 길이 하도 쉬워 모르는 줄 알았더니 알고 있긴 했나 보구나. 거기 네 앞에 쓰러져 있는 낯익은 애송이 낯짝도 보이고."

염세악이 고개를 끄덕였다. 그리고 다음으로 할 말에 피식 웃었다.

자신 스스로가 이 말을 입에 담을 날이 올 줄은 몰랐기 때문이다.

"그래, 내가 바로 검신 한호다. 네놈들이 떠받드는 패도인지 뭔지 하는 놈을 죽인 것도 나다."

사마군이 창백한 낯빛으로 쥐어짜듯 간신히 내뱉었다.

"화산파는 강남무림 전체와 전쟁이라고 하겠다는 것이오?"

염세악이 대답했다.

"남도련을 지우겠다고 했지, 강남무림을 지우겠다고 말한 적은 없다."

사마군이 소리쳤다.

"남도련이 곧 강남무림이오!"

염세악은 그 말에 피식 웃었다.

"네깟 놈들이? 강남이 아니라 무림 전체와 상대해 본 나다."

거짓은 아니다.

염세악은 천살마군이란 악명을 떨치며 정사양도에서 무림 공적으로 몰려 전 무림을 상대로 한바탕 무림을 휘저었으니까.

"강남에서 힘 좀 쓴다는 놈들끼리 모여서 유세 좀 떠는 걸 가지고 네놈들이 곧 강남무림이다?"

"화산파가 감당할 수 있을 것 같소!"

염세악은 거듭되는 사마군의 말에 짜증스러운 얼굴로 변했다.

"모사꾼이라더니 혓바닥만 앞세우는구나. 지루하다. 이만 끝내자."

그때 그들의 머리 위로 한둘이 아닌 수십의 파공성이 메아리쳤다.

파라라라락!

펄— 럭! 타타타탁.

염세악이 고개를 살짝 들어 주변을 돌아봤다.

전방과 좌우측의 높이 솟은 지붕 위로 둥글고 커다란 방패와 그 안쪽에 두 개의 칼자루가 교차한 기문병기를 든 무인들이 표표히 떨어져 내리고, 그 뒤로 목궁이 아닌 철궁에 시위를 메긴 궁전수들까지 자리를 점해가고 있었다.

남도련의 명성 쟁쟁한 풍뢰천균영(風雷千均營)과 독문기병 월아척(月牙剔), 그리고 흔치않게 궁사대로 이뤄진 천궁당(穿穹堂)과 그들이 사용하는 잔혹하기로 소문이 난 철마시(鐵魔矢)였다.

우르르르르.

뒤를 이어 군웅정으로 통하는 담과 담 사이에 난 길목과 월동문에서 수백의 무리가 물밀 듯이 쏟아져 나왔다.

모두 하나하나가 강남뿐만 아니라 강북에까지 떨어 울리는 일당백의 남도련 최정예였다.

'으… 시체도 남기질 못하겠구나!'

최대한 티를 내지 않고 존재감을 죽이려는 육조는 이미 대문을 넘어서는 순간 그도 암암리에 적으로 간주되었다는 걸 모르고 남도련의 총결집에 기가 질렸다.

'전설의 둔갑술을 익혔다 해도 이래서는 빠져나갈 방도가 없구나!'

정말 그랬다.

무공이고 뭐고 간에 저대로 그냥 검신을 향해 달려들어도 인파에 압사당하지 않을까 싶을 정도였으니까.

그러거나 말거나 염세악은 사방을 에워싸고 계속해서 늘어나는 남도련의 무인들을 여유로운 표정으로 응시했다.

웃는 것도, 그렇다고 반대로 지독히 차가운 것도 아닌 그저 무심함.

끝없이 밀려드는 전력 탓에 뒷짐을 지고 선 염세악이 발걸음을 뗄 수 있는 공간이 불과 반경 십 보 이내로 좁혀졌다.

그래도 염세악은 갑작스러운 공세에 대한 대비라든지 선공을 취할 어떤 자세나 경계도 취하지 않았다.

"사마 공!"

그때 사마군을 부르는 소리와 함께 일단의 인물이 인파를 가르며 나타났다.

한둘 정도의 장년인을 제외하고는 하나같이 반백의 초로인이었다.

"아!"

사마군이 그들을 보자 크게 안도하는 눈빛으로 두려움을 떨쳐내는 것이 보였다.

이들이야말로 여양종과 함께 남도련을, 아니, 강남무림을 지키는 거목이기에.

염세악이 처음으로 무심한 표정을 깨며 그들을 바라봤다.

그들은 사마군의 간결한 말을 통해 염세악의 신분에 대해

들은 뒤 마찬가지로 경악한 표정을 감추지 못했다.

염세악은 그들이 놀라는 것을 더 이상 기다려 줄 마음이 없었다.

염세악이 입을 열었다.

―다 모이려면 아직 멀었느냐?

"윽?"

"크윽?"

너 나 할 것 없이 사마군을 비롯한 남도련의 원로 고수들마저 양손으로 귀를 틀어막으며 눈을 부릅 치켜떴다.

마치 하늘이 소리를 치면 이러할까?

"이, 이게 대체 무슨 수법인가?"

"천리전음공도 이 정도는 아니오!"

"설마? 말로만 듣던 전설의 육합전성인가!"

분명 염세악이 처음 입을 뗐을 때는 속삭이듯 조용한 음색에 불과했다.

하지만 '멀었느냐?'라는 마지막 말이 끝나는 찰나, 그 작은 속삭임이 사방팔방을 휘어감아 땅과 전각을 진동해 천지가 개벽하듯 요동쳤다.

염세악은 이제 더 이상 모여들 무리가 없음을 알았다.

"오늘을……."

—…잊지 마라.

"크억?"
"으으! 이런 말도 안 되는 공력이……."
"조심하시오! 무서운 살기요!"

—화산의 이름으로 남도련이 무림에서 지워지는 날이니.

"…막을 테면 막아봐라. 나로서는 사양하지 않을 일이다."

第六章

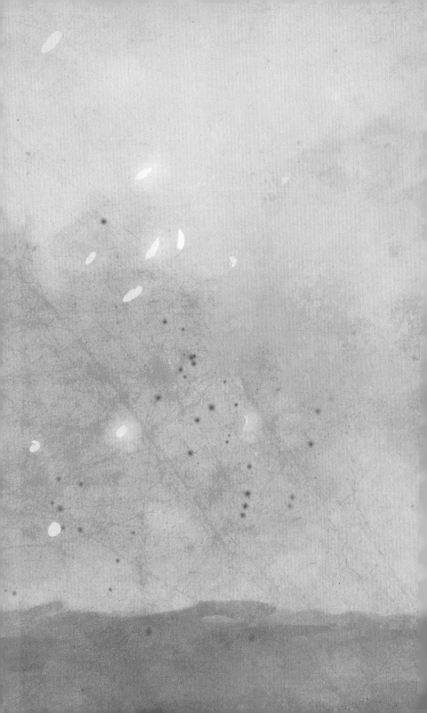

"으으……."

"크윽?"

가히 인세의 기운이랄 수 없는 염세악의 가공할 파천지세에 남도련 최정예 무인들은 멀쩡하던 단전이 진탕하고 심장이 극심한 압박을 받아 하나같이 낯빛이 파리하게 변했다.

하지만 그게 끝이 아니었다. 그것만도 가경할 지경인데 염세악의 전신에서 더욱 무서운 기파가 마치 화산이 폭발하듯 터져 나왔던 것이다.

그리고 양팔을 어깨 위로 들어 올린 염세악의 쌍수가 천지인을 그리며 장심에서 끝없이 기운이 응축됐다.

우우우웅.

그리고 염세악의 신형이 수백이 보는 앞에서 순간적으로 허상처럼 사라졌다.

쾅—!

"……!"

"피하라!"

"크아악!"

"으악?"

"크악!"

귀청이 찢어지는 폭음과 함께 염세악을 둥글게 에워싸고 있던 봉황진대를 포함한 육진대가 가장 앞 열부터 뒤로 십이 열까지 한꺼번에 뒤엉키고 날아가 처박히며 대열이 무너져 내렸다.

"어, 어디냐? 어디에……."

사마군은 우호법 뇌붕자의 부축을 받으며 급히 물러서는 와중에서 염세악의 모습을 찾아 두리번거렸다.

사마군을 지키며 염세악의 모습을 쫓던 남도련 수뇌부들의 눈에 놀라움이 스쳤다.

그들의 눈으로도 간신히 흐릿한 잔상만을 쫓을 수가 있을 정도였기 때문이다.

이때, 염세악의 움직임을 쫓던 이들 중 형문이로(荊門二老)의 맏이인 잠종비적(潛踪秘跡) 노극량이 놀라운 표정으로 뇌까렸다.

"화산파의 암향표(暗香飄)?"

곁에 있던 그의 아우 수몽취살(睡夢醉殺) 노극청이 고개를 끄덕였다.

"맞소. 분명 암향표요."

"정말 저 노인이 검신 한호란 말인가!"

이때 모용락이 눈매가 가늘어지도록 염세악의 장법을 유심히 지켜보다가 파르르 눈가를 떨었다.

"분광천심장(分光穿心掌)이로구나."

그의 명호는 장절(掌絶)이었다. 세인들에게 모용락과 더불어 무림오절(武林五絶)로 불리는 권절(拳絶) 척발괴가 굳어진 얼굴로 되물었다.

"확실한가? 화산파 장법 중에 유일한 일격필살의 살공인 분광천심장이?"

"……."

모용락은 대답 대신 무섭게 굳은 얼굴로 고개를 끄덕였다.

그는 지금, 백 년 전 명맥이 끊겨 야사의 기록이나 입에서 입으로만 전해지던 장법에서 눈을 떼지 못하고 있었다.

장절이란 명호처럼 장법으로 종사의 반열에 올랐기에 눈

이 갈 수밖에 없는 호기심이었고, 또한 인구에 회자되던 분광천심장이 실제로 얼마만큼의 무서운 절학인지 두려움도 공존했다.

쐐애애애액!

펑! 퍼퍼퍼퍼펑!

동에 번쩍 서에 번쩍 희미한 형체를 보이는 염세악이 유령 같은 움직임으로 남도련의 무인들을 희롱했다.

꾸쫘쫘꽝! 쿠아앙!

"크아아아악!"

"으아악?"

"커억?"

염세악의 모습조차 쫓지 못하는 남도련의 무인들에게 염세악의 움직임은 재앙이나 다름없었다.

그들에게는 염세악이 나타났다 사라지는 순간이 악마의 움직임처럼 느껴졌다.

빠각! 빠가각!

우지끈! 쾅!

염세악은 한호가 익혔다던 오행항마진결이나 반선무형귀갑공, 태허도폭십자신공은 끌어 올리지도 않았다.

쓸 수야 있겠지만 어차피 천살마공과 상극이라 맞지 않을 테니까.

하지만 화산파의 입문 내공편인 기공십팔편을 끌어 올린 것만으로도 염세악의 쌍수에선 진기가 무섭게 분출하며 분광천심장 최고의 경지이자 상징인 광양환(光陽環)이 솟아났다.

순간, 이를 본 모용락은 경악했다.

"장환(掌環)!"

장법 최고의 경지라는 장환이었다.

권술이 권풍(拳風)에서 권경(拳勁), 그다음 경지인 권붕(拳崩)에서 권정(拳頂)으로, 권와(拳渦)에서 최고의 경지인 권강(拳罡)이 있듯, 장법에도 장풍(掌風)에서 시작해 장패(掌霈)에 들어서면 일류 소리를 듣게 되며 장하(掌霞)를 이루면 비로소 경지를 이뤘다는 소리를 듣게 된다.

장하의 위로는 세 단계가 더 있는데 이는 장풍에서 장하까지 오르는 노력과 시간을 다 합쳐도 평생 죽을 때까지 이루지 못하는 경우가 구 할이었다.

바로 장강(掌罡)과 장형(掌形), 그리고 최고의 경지인 장환(掌環)이다.

모용락은 오십을 넘었을 때 장강의 경지를 보았고, 이후 강호무림에서 장절이란 존호를 붙였다.

그리고 예순이 넘은 지금까지도 그는 장강의 완성은 고사하고 그다음 단계인 장형에 대한 실마리조차 모르는 상태였다.

"저, 저건 맞서면 안 되오… 무조건 피해야……."

그때 염세악이 맞은편 장심에서도 장환 하나가 솟아났다.

"헉? 도, 동시에 장환을!"

모용락은 믿을 수 없다는 눈빛이었다.

하지만 염세악이 두 개의 장환을 공깃돌 놀이하듯 허공으로 쳐올린 후 연달아 쌍수를 교차로 추켜올리며 장환 수십 개를 뽑아내는 모습을 본 모용락은 두 다리를 후들후들 떨며 그 자리에서 주저앉았다.

"저… 럴 수가… 저럴… 수가… 저건 말이 안……."

염세악의 손을 떠난 수십 다발의 장환이 상하좌우로 물결치며 무인지경으로 뻗어나갔다.

씨— 아— 악—!

퍼퍼퍼퍼퍼퍽!

"크아악!"

"으악!"

"카악?"

쐐쐐쐐쐐쐐쐐쐐!

퍼퍼퍼펑! 펑!

쾌애애애액!

쿠콰콰콰콰쾅!

장환에 직격당한 이들은 피 화살을 토하며 쓰러지거나 몸에 그대로 구멍이 뚫렸다. 심지어는 스치거나 가까스로 피해도 장환에서 뿜어져 나오는 충격파 때문에 사지를 온전히 보전하지 못할 정도였다.

장환과 충돌한 근처의 전각 중 일곱 채가 눈 깜짝할 사이에 지붕 채 주저앉았고 두 곳은 마치 태풍이 쓸고 지나간 듯 반쪽만 남아 간신히 형태를 유지시켰다.

사마군이 잿더미로 변해가는 주변을 보며 핏발 선 눈으로 소리쳤다.

"막아라―! 풍뢰천균영은 무얼 하느냐!"

"사마 공!"

"저들로는 아니 되오! 희생만 클 뿐이오!"

수뇌부가 놀라 사마군을 만류했지만 두려움과 악에 받친 사마군은 이성을 상실한 듯 듣는 척도 하지 않았다.

"천룡십이숙(天龍十二宿)은 어디 있느냐! 백팔귀도(百八鬼刀)는 당장 앞으로 나서라!"

"……!"

사마군의 피를 토할 듯한 고함에 수뇌부가 아연한 표정으로 서로를 쳐다봤다.

수라십팔도객도 이름을 내밀지 못하는 남도련 최강의 전력인 천룡십이숙과 백팔귀도는 현재 이곳에 없기 때문이었다.

천룡십이숙은 야도를 찾겠다고 따라나선 지가 두 해가 넘었고, 백팔귀도는 남도련의 백년대계를 위해 수뇌부만이 아는 모종의 안배로 사마군이 직접 명을 내려 십만대산을 돌아 지금은 천산으로 향하고 있질 않은가.

그때 톱니처럼 테두리를 두른 방패와 쌍도를 든 풍뢰천균영이 염세악을 향해 용감히 달려들었다.

염세악은 분광천심장을 쓰던 손길을 멈추고 무심한 눈길로 한 번 쓱 훑어보더니 가볍게 주먹을 말아 쥐고선 오른발을 살짝 들어 올렸다가 지면을 내려찍었다.

꽝—!

귀청을 찢는 폭음이 작열했다.

염세악이 지면을 강하게 진각으로 내디딤과 동시에 지축이 흔들리고 주먹에서 뿜어져 나온 불그스름한 살벌한 권파가 동심원을 그리며 빛살처럼 퍼져 나갔다.

콰콰쾅!

쯔거거거걱! 카카캉!

"으아아악?"

"쿨럭? 커허헉?"

"크아악!"

권파에 직격당한 풍뢰천균영의 무인들이 손에 든 월아척과 몸이 동시에 요철처럼 찌그러지며 끔찍한 비명을 토해냈다.

눈 깜짝할 사이에 반경 십 보의 공간에 불과하던 염세악이 딛고 선 자리가, 무려 십 장 안으로 누구 하나 들어올 엄두를 내지 못하게 변해 있었다.

'으으! 인간이 아니야, 인간이.'

육조는 그동안 기세만으로 겁을 집어먹어 기를 못 펴고 있다가 염세악의 신위를 두 눈으로 목격하게 되자 그야말로 경악을 금치 못했다.

천하에 누가 있어 저런 경지를 보여줄 수 있단 말인가?

실종한 것으로 알려진 당대 천하제일인 한천 연경산이라면 가능할까?

아니면 그에게 도전한 뒤에도 연경산과 달리 멀쩡히 천래궁에서 기거 중인 신비의 요천이?

악몽 같던 재앙 후 잠시의 소강상태인가 싶은 찰나.

단 일수로 풍뢰천균영을 무력화한 염세악의 신형이 어떤 전조도 없이 천천히 지면에서 떠올랐다.

"……!"

어기충소로 땅을 박찬 것도 아니요, 전설로 회자되는 허공답보처럼 허공을 딛고 올라서는 것도 아니었다.

마치 바람 따라 흘러가는 무게가 전혀 없는 구름인 양 너무도 자연스럽게 떠오르고 있었다.

모를 것이 없는 사마군도, 수많은 경험과 과거의 전설을 알고 있는 노강호들도 이 듣도 보도 못한 광경에 입이 딱 벌어졌다.

모든 이의 고개가 하늘 위로 향했다. 십 장 높이에 올랐을 때 한없이 떠오를 것 같던 염세악의 신형이 멈췄다.

염세악이 주변을 쓸어보더니 지상의 한곳을 향해 손가락질하듯 검지를 세웠다.

차— 앙!

"……!"

순간, 쓰러진 봉황진대의 무인이 떨어뜨린 검집에서 청명한 검명이 울리며 저절로 검신이 뽑혀져 나와 하늘 위로 솟구쳤다.

"으음!"

"저 거리에서 능공섭물(綾空攝物)을?"

"아니오!"

"……?"

"저건 어검술(御劍術)이오!"

"뭐라고?"

염세악이 검지를 까딱이자 허공으로 떠오른 검이 물속을 유영하는 은어처럼 반짝였다.

쉬이— 익!

쐐애애애애애액!

유려하고도 날렵한 곡선을 그리며 염세악의 몸을 한 차례 휘어감아 선회했다.

남도련의 좌호법 신병우사(神兵羽師) 동방소가 사마군을 향해 소리쳤다.

"지금까지 본 것만으로 충분하오. 사마 공! 더 이상의 희생은 무의미하니 어서 병력을 물리시오! 어검의 경지는 지금까지와는 격이 다른 피해가 올 것이오!"

동방소는 서천도문의 기인으로 불사보갑(不死寶鉀)과 함형신검(含形神劍)이란 절세보병을 지닌, 병기에 관한 한 무림일절이었다.

그의 말이라면 필시 그럴 것이다. 하지만 사마군은 그의 말을 들으려 하지 않고 고집을 부렸다.

"아무리 어검의 경지라도 수백의 화살을 감당할 수는 없는 법이오! 여기서 물러서면 우리 남도련은 끝장인 걸 모르시오이까!"

그리고 사마군은 손을 들었다가 세차게 떨치며 공격하라는 신호를 보냈다.

"쏴라ㅡ!"

장쾌하거도 매서운 고함이 메아리쳤다.

투퉁!

투투투퉁!

수십 수백의 팽팽히 당겨진 활시위가 궁사들의 손을 떠나면서 마치 금음을 타는 듯한 소리를 자아냈다.

거리가 가까웠기에 천궁당의 궁사들은 곡사가 아닌 염세악을 그대로 겨눠 직사했다.

전방과 좌우로 눈 깜짝할 사이에 화살비에 벌침에 될 찰나.

있을 수 없는 일이 벌어졌다.

"……!"

세 방향에서 직선으로 날아오던 화살들이 염세악을 직격하는가 싶더니 돌연 방향을 틀어 하늘 위로 치솟은 것이다.

서서히 선회하는 것도 아니요, 애초부터 그렇게 날아간 것도 아니고 천지가 역전된 듯 갑자기 화살의 방향이 틀어지는 장면을 어떻게 설명할 수 있겠는가.

"아, 아니?"

"저런 말도 안 되는?"

남도련 무인들의 눈에는 상식적으로 일어날 수 없는 장면을 목격한 탓에 일순간 하나같이 얼빠진 표정을 지었다.

모든 이의 시선이 끝없이 천공을 향해 솟아오르는 화살에 박혀 한없이 고개가 위로 꺾였다.

'이, 이때다! 이 틈에!'

남도련의 무인들과 달리 조금은 다른 의미로 제정신을 유지하고 있던 육조는 조심스레 뒷걸음질을 치기 시작했다.

그리고 침기은형술을 극성으로 끌어 올리며 흔적을 지우기 전 하늘 위로 힐끗 시선을 줬다.

"……!"

순간 하늘을 보던 육조의 눈이 찢어질 듯 치켜졌다.

'맙소사?'

"으? 으— 아— 악?"

누군가의 공포에 질린 비명이 장내를 찢어발겼다.

동시에 육조는 극성으로 끌어 올린 침기은형을 풀어버리곤 가장 가까이 있는 지붕 아래로 냅다 몸을 던졌다.

하늘을 올려다보는 이는 대부분 공포에 이성을 잃었고 그나마 몇몇도 눈에 암담한 빛이 어렸다.

끝을 모르고 치솟았던 철마시가 폭우처럼 지상으로 하강하고 있었기 때문이다.

까만 점으로 보이던 저토록 높은 곳에서 장대비처럼 쏟아져 내려오는 철마시를 무슨 수로 피한단 말인가?

육조처럼 허겁지겁 지붕 밑으로 일부 피하는 자들을 천궁당의 궁사대가 절망적인 눈으로 쳐다봤다.

철마시는 범인의 움직임과 힘을 능가하는 무림을 상대하기 위해 철로 제작된 화살이다.

은폐엄폐를 한다고 피할 수 있는 것이 아니란 뜻이다.

적들을 상대하기 위해 전략적으로 고안된 무기가 자신들 스스로를 죽음으로 몰아간 형국이었다.

그때였다.

"하— 압!"

쿠우웅!

웅혼한 기합성과 함께 주변으로 커다란 기파가 열탕처럼 끓어올랐다.

우호법 뇌붕자(雷鵬子) 백옥곤이 내디딘 진각에 의해 벌어진 현상이었다.

곧이어 뇌정문(雷霆門)의 천뢰무상공(天雷無上功)을 십이성으로 끌어 올린 뇌붕자가 붕새가 날개를 치듯 양팔을 활짝 펼쳐 천공을 향해 격렬히 떨쳐냈다.

우르르르릉!

순간 마른하늘에 뇌성벽력이 이는 착각과 함께 그의 주변으로 무서운 광풍이 일어나 돌풍을 만들더니 주변에 떨어진 병장기들과 온갖 사물을 모조리 쓸어 담아 솟구쳤다.

콰차차차차차차차창!

카카카캉! 콰지직!

그야말로 간발의 차이로 하늘에서 떨어져 내리던 수백의 화살비와 뇌붕자가 만들어낸 돌풍이 가까스로 그들의 머리 위 삼 장 높이에서 충돌했다.

무엇이든 꿰뚫어 버릴 듯 쏟아져 내려오는 철시들과 걸리는 것은 뭐든 휩쓸어 부수는 돌풍의 충돌은 공포스럽기 짝이 없는 장면이 아닐 수 없었다.

하지만 그들이 딛고 서 있는 곳뿐만 아니라 거의 주변 일대를 뒤덮다시피 쏟아져 오는 화살비를 막는다는 것은 뇌봉자의 돌풍만으론 역부족이었다.

게다가 철마시 하나하나에 맺힌 염세악의 공력은 뇌봉자가 십이 성으로 쏟아부은 진력과는 격이 다른 무서움이 담겨 있었다.

"울컥!"

뇌봉자가 눈을 부릅뜨며 한 사발이나 되는 피를 토하는 순간, 권절 척발괴와 장절 모용락이 동시에 진각을 내디디며 그들의 주먹과 장심에서 강기가 폭발했다.

콰콰콰콰콰꽝!

꾸꽈꽝! 꽈― 앙!

지금까지와는 비교할 수 없는 거대한 폭음이 잇달아 터지는 가운데 충격파를 견디지 못한 남도련의 전각 삼분지 일이 무너져 내렸다.

하지만 그 대가로 일거에 집단 학살을 당할 뻔한 대 위기는 벗어날 수 있었다.

염세악이 뿌린 재앙의 철마시를 모두 분쇄했기 때문이다.

"으윽!"

두 다리가 무릎 아래까지 지면을 뚫고 들어간 척발괴가 비틀거리는 것을, 옆에 있던 모용락이 부축했다.

"쿨럭!"

하지만 모용락도 멀쩡한 것은 아니어서 굳게 다문 입술을 비집고 튀어나온 선혈이 척발괴의 앞섶을 물들였다.

염세악은 주변을 돌아봤다.

거대한 위용을 자랑하던 남도련의 모습은 빛이 바랜 상태였다.

정문은 고사하고 양쪽의 높은 붉은 담이 흔적조차 사라지고 없었으니까.

"……."

염세악은 천천히 지상으로 하강했다.

사마군을 지키던 이들 중, 형문이로를 제외한 나머지 종사급 수뇌부가 염세악을 향해 나아갔다.

탁.

염세악이 가볍게 발끝으로 지면 위에 내려섰을 때, 그들 또한 염세악을 가운데 두고서 부채꼴 모양으로 늘어섰다.

"보립공이라 하오."

"양씨 성의 필부요."

"제갈 아무개요."

모두가 이름만 대면 대강남북에 명성이 쟁쟁한 이들이었다. 물론 염세악이 그들이 별호까지 댄다 한들 알 리가 만무하겠지만.

권절이 장절의 부축을 받아 합류하고, 좌우호법인 신병우사와 뇌붕자도 어깨를 나란히 하자 염세악과 그들 사이로 뼈를 에일 듯한 살벌한 기파가 형성됐다.

그들 중 가장 연장자인 보립공이 침중한 표정으로 입을 열었다.

"마지막으로 묻고 싶은 것이 있소."

염세악이 물어보라는 듯 고개를 끄덕였다.

"일의 전말은 전해 들었소. 패도가 무도하게 수라십팔도객을 대동하고 화산파를 침탈한 것은 분명 큰 죄요. 우리도 인정하는 바요."

"……."

많이 늦은 감이 있었지만 그들의 입장에선 오늘 이 자리에서 그 같은 소식을 듣고 알게 된 것을 감안할 때 대단한 양보가 아닐 수 없었다.

게다가.

"그 일로 인하여 귀파의 전도유망한 젊은 안타까운 생명 하나가 꺼졌다는 것은 유감이오. 하지만 패도가 그 죄로 생을 달리하였으니 충분히 그 죗값을 치르지 않았소이까?"

"……."

"이렇게까지 하는 이유가 무엇이오?"

염세악이 한숨을 내쉬었다.

"그래, 알고는 죽어야지. 왜 죽는지."

속삭이듯 뇌까리는 염세악의 말은 평생 강호무림에서 수십 번의 사선을 넘나든 그들의 간담을 서늘하게 만들었다.

"들어야 할 녀석들은 따로 있는데, 이걸 네놈들한테 먼저 말하게 될 줄은 몰랐구나."

"……?"

그들은 염세악의 영문 모를 말에 어리둥절한 표정을 지었다.

씁쓸한 미소가 염세악의 입꼬리에 매달렸다.

"먼저, 알아둬라. 죽은 아이의 이름은 장평이다."

"……."

"애써 기억할 필요는 없다. 최소한 너희의 아들과 또 그 아들에 이르기까지 절대 그 이름을 잊지 않도록 해줄 터이니 말이다."

그야말로 살벌하기 짝이 없는 예고가 아닐 수 없었다.

염세악이 말했다.

"그 아이가 죽었다는 것과 어떻게 죽었는지는 문제가 아니다."

그들에게 염세악의 말은 의외였다. 그것이 문제가 아니라면 뭐가 문제란 말인가?

  염세악은 고개를 절레절레 흔들었다.

  "중요한 것은 왜 죽어야만 했는가다."

  "……?"

  "그것 때문에 너희가 이 모든 걸 겪고 있는 것이다. 그것 때문에 내가 이 모든 걸 행하고 있는 것이다."

  염세악은 그들의 표정을 보고 자신의 말귀를 전혀 알아듣지 못하고 있다는 것을 알았다.

  실망은 하지 않았다.

  '그럴 줄 알았으니까.'

  백 년의 세월은 세상도 변했고 염세악 자신도 변했다.

  하지만 여전히 변하지 않는 것들이 있다.

  백 년 전에도 그랬고, 지금도 그렇다.

  '힘이 있는 것들은 세월이 변해도 여전히 당연하지 않은 것을 당연한 것으로 여기지.'

  염세악의 눈이 깊어졌다.

  *   *   *

  "세상에!"

"망했네! 망했어!"

"허? 지휘사 대인도 쩔쩔매는 저곳을?"

구름 떼처럼 모여든 사람들이 천진 제일의 위세 높은 곳이 풍비박산 나는 것을 보며 믿기지 않는 듯 수군댔다.

불과 한 식경 전까지만 해도 커다란 위용을 자랑하던 천진 벽력당이라 내걸린 현판은 두 동강 난 모습이다.

또한 반은 무너져 내린 정문 앞에는 천진벽력당의 무인들이 하나같이 손목과 발목에 심줄이 잘린 자상을 입은 상태로 바닥에 드러누워 고통스러운 신음을 흘리고 있었다.

처음엔 무슨 늙은 도사가 저리 목소리가 저리 큰가 싶었다.

화산파 도사라던 늙은 도사가 숫돌에 칼을 갈다가 천진벽력당 앞으로 다가가 '당주 육기헌은 당장 나와 죄를 청하라!'라고 소리쳤을 때는 구경하던 사람들도 아연실색했다.

조정의 지체 높은 관리들도 어쩌질 못할 정도로 위세가 하늘을 찌르는 천진벽력당이 아닌가?

그들은 화산파의 도사라니 미친 것은 아니겠지만 세상 물정을 몰라 큰 곤욕을 치르겠구나 싶었다.

그리고 사람들의 예상대로였다.

늙은 도사의 외침에 당주 육기헌은커녕 대문을 지키던 선위무사들이 늙은 도사를 향해 욕설과 고함을 지르며 대뜸 칼부터 빼 들었으니까.

가끔 부지불식간에 천진을 침입해 약탈을 일삼는 왜구들도 저 천진벽력당에는 얼씬도 하지 않았다.

그만큼 천진벽력당은 위세만큼이나 능력도 출중해 무예가 뛰어난 자가 많고 그를 통솔하는 장수들도 뛰어났기 때문이다.

하지만 사람들은 이내 눈이 휘둥그레지고 말았다.

뭐가 어떻게 된 건지 대문을 지키던 천진벽력당의 선위무사들이 저마다 짤막한 비명을 토하며 늙은 도사 앞에서 널브러졌기 때문이다.

구경하던 이들의 눈에는 그저 늙은 도사 앞에서 한바탕 저들끼리 웃기지도 않는 칼춤을 추다가 저들 스스로 벌러덩 누운 것으로밖에 보이지 않았다.

늙은 도사는 연후, 마치 제집 싸리문을 열고 들어가듯 그 커다란 대문을 가볍게 밀어 안으로 들어갔다.

사람들은 감히 문 안쪽을 들여다볼 용기는 없었지만 조금 더 천진벽력당 문 주변으로 가까이 다가갔다.

그리곤 그리 길지도 않은 한 식경 동안 병장기 부딪히는 소리와 비명 소리가 쉴 새 없이 울려 퍼졌다.

그러는 사이사이 담 너머 안쪽에서 하나둘 천진벽력당의 무인들이 짐짝처럼 던져졌다.

하나같이 팔다리의 심줄이 잘려 두 번 다시 힘을 못 쓸 폐인이 된 모습으로 말이다.

사람들은 그제야 이 늙은 도사가 얼마나 무서운 자인지 깨달았다.

자상을 입든, 폐인이 되든 다친 자는 모두 장정뿐이었다.

여자나 어린아이들은 울고불고하긴 해도 모두 사지 멀쩡히 밖으로 쫓겨 나왔기 때문이다.

하지만 무복을 입은 장정과 계피학발의 늙은이라도 무예를 할 줄 아는 남자는 단 한 명도 빠짐없이 모두 가차 없이 심줄이 잘렸다.

그들은 고통으로 신음하고, 폐인이 된 사실에 눈물을 흘렸다.

그때까지도 사람들이 돌아가지 않은 것은 문제의 늙은 도사가 나오지 않았기 때문이고, 천진벽력당의 주인인 그 유명한 섬전비검 육기헌은 과연 어떻게 될 것인가라는 궁금증 때문이었다.

"앗? 저기! 저기 봐!"

"그 도사다! 화산파 도사!"

"맞네! 맞어!"

운집해 있던 구경꾼들이 대문을 열고 나오는 신응담을 보며 저마다 소리쳤다.

그리고 그 와중에 신응담의 손에 멱살이 붙들려 나오는 거구의 초로인을 본 누군가가 까무라칠 듯한 목소리로 소리쳤다.

"육, 육기헌이다! 천진벽력당 당주 육기헌이야!"

"어디? 어디?"

"세상에? 정말 육기헌이잖아?"

"설마, 육기헌마저 저치들처럼 폐인으로 만드는 걸까?"

"이 사람아! 애초에 저 도사가 나오라고 한 자가 저 육기헌이 아닌가?"

"아? 그랬지?"

신웅담은 처음 천진벽력당 안으로 들어갈 때보다 몇 배는 더 불어난 인파를 보고도 놀라지 않았다.

오히려 바라던 바였으니까.

'잘됐군. 저 정도면 귀찮은 태사조의 명을 잘 이행할 수 있겠구나.'

"으으윽……!"

신웅담은 허리춤에서 들리는 신음성에 힐끗 시선을 줬다.

육기헌이었다.

'쳐 죽일 놈! 일을 그 지경으로 만들어놓고 감히 예서 뻔뻔하게 두 다리 편히 뻗고 먹고 자고 해?'

멱살을 비틀어 쥐고 있던 신웅담이 손아귀에서 힘을 풀며 육기헌을 세차게 내동댕이쳤다.

콰당.

"크억?"

뭐가 어떻게 된 것인지 육기헌은 사지 근맥이 잘린 자상도 보이지 않는데 입을 벌려 비명만 내지를 뿐 꼼짝달싹 하지 못했다.

신응담은 육기헌 앞에 섰다.

그리고 엄숙한 표정으로 내공을 실어 말했다.

"죄인 육기헌은 들으라!"

"…으 …으?"

육기헌은 두려움에 눈을 치뜬 채 거구에 어울리지 않게 사지를 벌벌 떨어댔다.

"죄인은 화산파의 문외 속가제자의 신분임에도 이를 망각하고 문규를 따르지 않았을 뿐만 아니라 남도련 칠절패도 여양종과 결탁하여 사문을 해할 목적으로 내통하였다!"

신응담이 그동안 육기헌이 저지른 죄상과 그로 인해 빚어진 참극을 하나하나 얘기하자 사람들은 처음에는 놀라다가 이내 육기헌을 보며 혀를 차고 욕설을 내뱉었다.

어찌 사람의 가죽을 뒤집어쓰고 부모와 같은 존재인 사문을 해코지할 생각을 할 수 있단 말인가.

그것도 외부의 무림인과 내통까지 해서.

힘을 쓸 수 있는 화산파 원로들을 계략으로 꾀어 다른 곳으로 유인하고 그 틈에 여양종과 그 수하들이 화산파를 침탈해 어린 제자들에게 칼부림을 일으켰다는 대목에선 사람들이 앞다퉈 육기헌을 향해 침을 뱉기를 주저하지 않았다.

"문규를 어지럽힌 것도 큰 죄이거늘, 외부인과 내통하여 사문을 해하려 한 죄와 사특한 앙심으로 기사멸조의 중죄를 지었으며, 이로 인해 본 파의 본산 일대제자 장평이……."

신응담은 거기까지 말한 후, 잠시 잠겨 버린 목을 꿀꺽 삼켰다.

'아직 끝난 것이 아니다… 이제 시작에 불과할 뿐.'

신응담은 뜨거워지는 심장을 애써 차갑게 식혔다.

"…장렬한 최후를 맞이하였는 바, 그 죄를 물어 문호를 정리한다."

써걱!

"……!"

순간 구경꾼 사이에서 여인네들의 '악?' 하는 비명 소리가 터져 나왔다.

검을 든 신응담이 가차 없이 육기헌의 목을 친 것이다.

사람들은 당연히 육기헌도 다른 이들처럼 심줄을 끊어 폐인으로 만들 줄 알았다가 그만 깜짝 놀라고 말았다.

설마 저 천진벽력당의 당주 육기헌을 단숨에 목을 쳐 죽일 줄이야?

홍―!

신응담은 검에 묻은 피를 털어낸 뒤, 화산이 있는 서천을
바라봤다.

'잘 가거라.'

第七章

북검회 의사청에 모여 앉은 이들은 대체로 침중한 표정을
짓고 있었다.

　얼마 전 발생한 골치 아픈 문제 때문이었다.

　"허허… 이거야 원! 관여를 하자니 어디서 어떻게 해야 할
지 판단이 서질 않고. 그렇다고 모른 척하자니 그도 탈이 안
되고. 누가 좀 의견이라도 내보시오."

　지금의 자리를 주관하고 있는 천예검군 조문신의 목소리
에 다들 스리슬쩍 시선을 외면했다.

　그들이라고 명쾌한 수가 있는 것은 아니었다.

더구나 남도련의 이 인자인 여양종이 죽어나간 마당에 괜히 입 잘못 놀렸다가 무슨 일을 당할지도 모르는 일 아닌가?

당장 여양종이 죽은 것과 북검회는 아무런 연관이 없었지만 벌써부터 북검회에 속한 문파들은 남도련의 눈치를 살피며 하루하루 살얼음판을 걷는 분위기였다.

북검회 부회주인 조문신의 얼굴이 점점 일그러졌다.

뭐 하나라도 얻어먹을 것이 있을 땐 득달같이 나서기 좋아하는 이들이 요 며칠 회의 때마다 이 모습이니 더는 짜증을 참기가 어려웠다.

그 즈음 나선 이는 북검회의 지낭이라 불리는 좌문공이었다.

"일단은 만약의 사태를 대비하지요. 남도련이 화산파에서 여양종이 죽은 걸 빌미로 우리 북검회에게 무슨 해코지를 할지 모르고, 또 어떤 걸 물고 늘어질지 모르는 상황이니 이에 대비부터 해야 하지 않겠습니까?"

"화산파는 어찌할 요량이시오?"

누군가의 물음에 이미 복안이 마련된 사안이라 좌문공이 대꾸했다.

"북검회는 화산파와 그 어떤 식으로도 관련이 없음을 천명합니다."

"그래도 명색이 검신이 있다는데, 검과 연합인 우리 북검회가 화산파를 모른 척해서야……."

좌문공이 그 말에 안색을 굳히며 말했다.

"우리 북검회엔 검성 어른이 계십니다."

"……."

누가 토를 달겠는가.

"여양종의 죽음과 관련된 일은 남도련과 화산파 그 둘 당사자 간에 해결할 일입니다. 그들이 치고받고 싸우든, 합의를 보든 우리가 그 일에 끼어서는 절대 안 될 것입니다. 이건 검성 어른의 뜻이기도 합니다."

모두가 고개를 끄덕이는 가운데 부회주 조문신만이 마뜩치 않다는 듯 시원찮은 표정을 숨기지 않았다.

자신과 동수라고 평가받아 오던 그 여양종이 검신의 기도에 눌려 칼도 뽑지 못했다고 했다.

조문신은 그 대목에서 받은 충격이 아직까지도 가시지 않고 있었다.

그게 어디 보통 일인가?

여양종이나 그 자신이나 누군가의 기도에 눌려 칼도 뽑지 못할 경우라면?

그런데도 좌중의 모든 이는 남도련이 어떻게 나올 것인가에 대해서만 숙고를 거듭하고 있었다.

조문신은 못내 그것이 답답했다.

'분명 화산파에 경계할 인물은 여양종의 목을 친 검신밖에 없다지만……'

감이 좋지 않았다.

그런 조문신과 달리 좌문공은 화산파가 곧 끝장이 날 것이라는 것을 기정사실화 한 후, 그 이후에 대해서 수뇌부와 논의를 거듭했다.

벌컥!

"……!"

갑자기 의사청의 문이 활짝 열리며 초로의 노인 하나가 헐레벌떡 뛰어 들어왔다.

"큰… 큰일 났소! 큰일!"

무한 백검문의 장로이자 인중검(人中劍)이란 별호로 명망이 자자한 양회였다.

의사청에 자리한 이 모두가 대번에 눈을 동그랗게 떴다.

고고하기 이를 데 없으며 늘 유유자적하기로 소문난 양회가 이렇게 호들갑을 떠는 모습은 처음이기 때문이었다.

"남도련이… 남도련이……!"

"……!"

"남도련이 기어이 준동했소이까? 북상을 시작했소? 곧장 화산으로 향하는 것이오, 아니면 다른 곳을 노리고 있소?"

사안이 사안인지라 가슴이 철렁한 좌문공이 덩달아 흥분

해 한 번에 여러 가지를 물었다.

하지만 양회는 그것이 아니라는 듯 고개를 미친 듯이 흔들었다.

"그게 아니외다!"

"양 소제! 흥분하지 말고 차분히 말해보시오."

보다 못한 조문신이 양회를 다독였다.

하지만 양회가 접한 소식은 조문신이 아니라 검성이 와도 가라앉히지 못할 일이었다.

"남도련이 무너졌소!"

"……?"

"남도련 총단이 단신으로 쳐들어간 검신에게 괴멸당했다 하오!"

"……!"

모두의 얼굴 위로 경악한 표정이 떠올랐다.

남도련 총단이 괴멸이라니?

화산파의 멸문이 아니라 남도련 총단이 괴멸? 그것도 지단이나 분타가 아니라 총단이?

"마, 말이 되는 소릴 하시오? 남도련 총단에 고수가 즐비하거늘 어찌……."

좌문공이 믿을 수 없다는 듯 더듬거리며 반문하자 양회가 손에 든 종이 쪼가리를 흔들었다.

"여기 뭐라고 적혀 있는 줄 아시오? 권절! 장절! 신병우사! 서지천왕! 뇌붕자! 무형쌍창! 환영회멸! 형문이로!"

양회는 흔든 종이 쪼가리를 회의 탁자 위로 내팽개치며 말했다.

"모두 괴멸당하는 그 순간까지 있었다는 자들이오! 오절 중의 둘이 있었고, 신병우사 동방소는 불사보갑(不死寶鉀)에 함형신검(含形神劍)까지 들고 있었다고 적혀 있소!"

무림오절이야 얼마만큼의 강자인지 말해봐야 입만 아플 뿐이다.

신병우사의 불사보갑은 한철보검으로도 생채기 하나 내지 못하는 보물 중의 보물이며 함형신검은 형체가 보이지 않는 무서운 신검이었다.

이런 이유 때문에 신병우사보다 무예가 고강한 자들도 그와 다투는 것은 원치 않아 피하기 일쑤였다.

그런 그가 당했단 말인가?

"무형쌍창(無形雙槍) 양무악과 환영회멸(幻影灰滅) 제갈천은 신창보와 제갈세가의 가주들이외다! 서지천왕과 뇌붕자는 말해 무엇하오? 여기 이중에서, 잠종비적이나 수몽취살 중에 그 하나라도 형문이로의 암중살법(暗中殺法)에서 피할 수 있다 자신할 수 있는 분이 계시오?"

"……."

양회가 일일이 논거하는 자들의 별호 앞에 누구 하나 나서서 호기를 부리는 자가 없었다.

서로가 북검회와 남도련으로 나눠 칼을 겨누는 사이이긴 해도 한때는 동료였고 이름을 나란히 하는 경쟁자였기에 그들의 실력이 어떤지는 누구보다 잘 아는 것이다.

"모두 살아남지 못한 것이오? 단 한 사람도?"

침중한 얼굴로 묻는 조문신의 목소리에는 같은 무림 동도로서 짙은 비감이 서려 있었다.

양회는 뜻밖의 대답을 해왔다.

"그들 중 죽은 자는 없소."

"……?"

이건 또 무슨 소린가?

남도련이 괴멸당했다면서 수뇌부 중에는 죽은 자가 없다?

쌍수를 들고 무릎을 꿇으며 항복이라도 했단 말인가?

좌문공 등은 그런 생각까지 했다.

양회가 말했다.

"처음부터 잘못됐소! 아주 잘못됐단 말이오!"

"무엇이 말이오?"

무엇이 잘못됐다는 말인가?

"여양종의 죽음에 따른 일로 남도련이 어떻게 나올까를 생각할 것이 아니라, 우리는 그가 왜 죽었는가를 먼저 알았어야

했소.”

“……!”

“화산파의 검신이 왜 여양종을 죽였는지, 어째서 단신으로 남하해 남도련을 쑥대밭으로 만들었는지 말이오!”

“으음…….”

양회의 힐책은 좌문공으로 하여금 신음성을 흘리게 만들었다.

비단 좌문공뿐만 아니라 자리에 모인 모든 이가 아차 하는 표정을 감추지 못했다.

다들 여양종이 목이 달아났다는 말에 남도련의 추이만 살피는 데 급급했지, 정작 그가 왜 화산파에서 죽었는지 여지껏 그 이유에 의문을 품은 사람도, 알아보려는 사람도 없었던 것이다.

“남도련 총단이 무너졌습니다.”

“…….”

“검신이 괴멸시켰다는 보고입니다.”

“…….”

서 총관은 여양종이 죽었다는 소식을 접했을 때와 달리 아무런 감정의 내비침 없이 말이 없는 연산홍을 오히려 더 걱정스레 쳐다봤다.

보고를 올리는 서 총관의 말을 듣기는 하고 있는 것인지 연산홍은 처마 아래서 바깥의 화원을 응시하고만 있었다.

'하필이면……'

좋지 않은 소식은 한꺼번에 닥친다더니 때 이른 서리로 화원의 꽃들이 얼어붙은 것을 보며 서 총관은 혀를 찼다.

연산홍이 어려서부터 온갖 기화요초를 옮겨다 심어 가꿔온 화원은 그녀에게 있어서 그냥 화원이 아니었다.

연산홍에게 화원은 중원이었다.

피어나고 지는 꽃을 선별해 화원을 가꾸면서 용천장과 무림의 안녕을 위한 백년대계가 이 화원에서 이뤄져 왔기 때문이다.

어떤 것을 키울지 미리 결정하고.

살려둘 것은 살리고.

자를 것은 자르고.

예상을 벗어난 일에 부딪치는 것을 싫어하기에 화원에 좋지 않은 영향이 끼치지 않도록 세심한 배려를 통해 일어날 수 있는 일은 막도록 항시 미연에 대비해 왔던 그녀다.

하지만 서리가 올 줄은 몰랐고, 때 이른 서리에 화원의 꽃이 모조리 잔뜩 얼어붙어 버린 것이다.

서리를 맞았다고 해서 얼어 죽지는 않겠지만 화원을 가꿔온 주인 된 자의 심정으로선 꽃들이 잠시 빛깔을 잃고 얼어붙은 모습을 보는 것이 과히 기분이 좋다고 볼 순 없는 노릇일 터다.

"천진벽력당이 멸문당했습니다."

"……."

연산홍은 여전히 가타부타 대꾸가 없었다.

손가락으로 찍으면 죽어 없앨 개미 같은 존재에 불과한 천진벽력당이 말을 듣지 않아 한때 그녀가 얼마나 노발대발했던가.

그곳에서 배출된 군부의 장수들과 조정의 고위 관료들의 두터운 인맥 탓에 고집을 꺾고 용천장과 동등한 위치에서 관계를 개선하기까지 연산홍은 많은 것을 양보하고 또 용단을 내렸어야 했다.

속된 말로 연산홍이 기침 한 번 하면 정파가 문제가 아니라 사파의 유령곡과 혈총도 화들짝한다는 소리가 있다.

그런 용천장도 끝끝내 어쩌질 못한 천진벽력당이 무너졌다는 데도 그녀는 서 총관에게 눈길 한 번 주지 않았다.

천진벽력당이 무너진 것은 용천장에게 좋은 일도, 그렇다고 나쁜 일도 아닌 귀찮은 골칫거리가 하나 더 생겨난 것뿐이었다.

벽지 외진 곳에 터를 잡은 주제에 말을 듣지 않는 오만무도한 천진벽력당이 눈엣가시 같긴 해도, 그동안 고개를 숙이고 양보를 한 그 반대급부로 그들을 통해 나라와 조정으로부터 보이지 않는 비호를 받은 것이 꽤 있기 때문이다.

이제 천진벽력당이 무너졌다는 것은 조정에 대한 손발이 다 끊어져 다시 새로운 길을 뚫어야 한다는 것을 의미했다.

"검신이 여양종을 죽이고 남도련 총단을 무너뜨린 이유와 연관된 일입니다."

서 총관은 연산홍의 대꾸라든지 어떤 반응을 기다리는 것을 포기하고 곧바로 이야길 이어나갔다.

천진에 갑자기 등장한 노도사의 정체가 화산파의 장로의 신분이라는 것.

비매절영이라는 신응담의 별호는 해박하기로 견줄 자가 없다는 서 총관이나 연산홍에게도 생소한 별호였다.

천진 근처의 지단으로부터 올라온 상세한 보고는 신응담이 어떻게 천진벽력당을 멸문시켰는지 처음 천진에 출현했을 때부터의 과정을 낱낱이 기록해 올렸다.

그리고 신응담이 육기헌을 제압하고 난 뒤 문호를 정리하며 꺼낸 말들도.

말을 하는 서 총관도, 듣고 있는 연산홍도 이름도 들어보지 못한 화산파 도사가 그 짧은 시간에 천진벽력당을 풍비박산 내고 단숨에 육기헌의 목을 쳐 문호를 정리했다는 대목에서 그 전격적이고도 과감한 속전속결의 행보에 놀라움을 금치 못했다.

연산홍은 천진벽력당 당주 육기헌이 여양종과 내통하여 화산파를 침탈하는 데 일조했다는 부분을 듣고 있다가 검신이 여양종을 죽이며 했다는 말을 주목했다.

남도련을 지우겠다.

직접.

연산홍이 고개를 돌려 서 총관을 바라봤다.

그도 이 말에는 그녀가 반응을 보일 줄 예측했다.

만일 그가 용천장의 총관이 아니었다면, 그녀가 용천장의 주인이 아니었다면, 이 말에 제정신을 유지할 강단과 여유가 없었을 테니까.

그만큼 놀라운 사실이었다.

"천진벽력당을 멸문시킨 신응담은 요동으로 향했습니다. 지금도 본 장의 북직례 총타에 지속적으로 연락을 취하며 화동 순찰령주가 직접 뒤를 밟고 있는 중입니다."

"……"

연산홍은 천진벽력당을 멸문시킨 신응담이 왜 화산으로 돌아가지 않고 엉뚱한 곳으로 향하는지 묻지 않았다. 서 총관 또한 따로 이에 대해 설명하지 않았다.

두 사람 다 그 이유를 짐작하고도 남음이 있는 현명한 사람이기 때문이었다.

신응담은 천진벽력당 당주 육기헌을 문규를 어기고 사문에 대역죄를 지은 죄를 물어 문호를 정리했다.

비전을 후학에게 전하는 문파가 문호를 정리하는 일은 간단한 일이 아니다.

또 그 어떤 문파라도, 그것이 설사 자비를 근본으로 하는 불문이라 하더라도 문호를 정리함에 있어서는 혹독하고 잔인하며 예외를 두지 않는다.

아마도 신응담은 천진벽력당에서 화산파의 무학을 한 줄이라도 익혀 덕을 본 자를 마지막 한 명까지 색출해 무공을 회수하거나 폐인으로 만들지 않는 한 돌아오지 않을 것이다.

"남도련 총단을 무너뜨린 검신도 화산으로 돌아가지 않고 방향을 동쪽으로 잡았다고 합니다. 어디로 가는지는 예측불가입니다."

검신의 대목에서 연산홍의 아미가 살짝 찌푸려졌다. 그녀 역시 서 총관의 말만 듣고는 그 무엇도 예측할 수가 없었기 때문이다.

"…무슨 뜻일까요."

"무엇이 말이옵니까?"

"검신 공언했다는 그 '남도련을 지운다'라는 말이."

서 총관이 침음하며 고개를 절레절레 흔들었다.

"상식적으로 불가능한 일이지 않습니까? 검신이 단신으로 남도련 총단을 무너뜨린 것은 정말이지 경악할 일이긴 합니다. 하지만 남도련을 지우는 것은 전혀 문제가 다릅니다."

"……."

연산홍도 알고 있었다. 강남무림에는 수많은 무림세가와 무림방파가 존재한다. 그 숫자만 따지면 강북무림보다 곱절도 더 많을 것이다.

지닌 무력이나 고수의 수를 따져 질을 논하면 좀 더 복잡해지겠지만 겉으로만 보면 그렇다.

"남도련을 지운다? 어떻게 말입니까? 남도련에 들어간 강남무림의 그 많은 문파를 일일이 찾아서 말입니까? 그것만도 시간이 얼마나 걸릴지 가늠할 수 없습니다."

틀린 말은 아니다. 누구라도 미친 소리로 치부할 테니까.

한다 못한다가 문제가 아니라 남도련을 지운다는 그 자체가 말이 안 되는 소리란 뜻이다.

"강남무림이라고 가만히 앉아서 목을 씻고 검신이 오길 기다리겠습니까? 남도련 총단이 괴멸됐다고 해서 강남무림이 절단 난 것은 아니지 않습니까? 그들이 전부 합세해서 달려들면 검신이 무슨 수로 버티겠습니까?"

버티지 못할 것이다.

천인합일의 경지에 이른 자라 한들 무림의 반을 상대할 수는 없는 일이니까.

"상식적으로 불가능한 일입니다. 또 그렇게 될 리도 없고 말입니다."

단언하는 서 총관을 이제까지 듣기만 하던 연산홍이 묘한 눈으로 보며 말했다.

"상식은 이미 깨졌습니다."

"예?"

"검신과 관련해서는 상식선에서 예측했던 결과가 단 한 가지도 없었습니다."

"아가씨, 그것은……."

할 말이 있는 표정인 서 총관을 연산홍이 손을 들어 막았다.

"불가능이란 말과 그럴 리가 없다는 말에 '절대' 라는 단서가 붙습니다."

연산홍의 목소리가 착 가라앉았다.

"여양종도 죽을 수 있습니다. 사람이니까요. 남도련 총단도 하루아침에 무너질 수 있습니다. 무적은 아니니까요."

"……."

"서 총관도, 또 나도 그것을 간과했습니다. 스스로의 머리와 경험을 믿고 상식을 절대라고 착각해 오판을 불러오고, 결과적으로 예측하지 못한 상황에 놀라고, 당황하고, 혼란스러워하게 된 것입니다."

"으음."

연산홍은 싸늘한 아침 기운을 몰아내며 화원으로 스며드는 햇빛을 바라봤다.

"한 번 뒤처지면 그 뒤를 쫓기가 어렵고 벅차 쫓는 데만 급급하여 냉정을 잃고 맙니다. 그러다 편협한 시각을 가지게 되고 결국은 옳은 판단이 아닌 오판을 거듭하며 그 시대의 중심에서 도태되는 것이지요."

서 총관이 고개를 끄덕거렸다.

"뒤처지는 것은 두려워하지 않습니다. 중요한 것은 결과이니까요. 놀랄 이유도 당황할 이유도 우리에겐 없습니다."

"제가 생각이 짧았습니다."

"변한 것은 없습니다. 용천장은 용천장이 가야할 길을 가면 되는 것입니다. 흔들림 없이."

바람이 불어와 멀리 대전 용마루 위를 장식한 용천장의 깃발이 펄럭거렸다.

연산홍이 그 깃발을 응시하며 말했다.

"정도 사도 없는 오직 우리 용천의 법만이 존재하는, 구주 팔황의 끝을 달려도 온종일 용천의 깃발이 나부끼는 용천의 세상을 세우는 것을요."

*   *   *

무림이 발칵 뒤집혔다.

그들에게는 강남무림의 상징이자 정파 진영의 한 축인 남도련 총본영이 괴멸당했다는 소식 때문이다.

그것도 단 일인에게 무너져 내렸다는 소식은 강남무림뿐만 아니라 사이가 좋지 못한 강북의 무림인들에게도 충격적인 사건이 아닐 수 없었다.

게다가 천진의 무소불위의 권세가 천진벽력당의 멸문지화 소식이 강북무림으로 파다하게 퍼지면서 두 소문이 맞물려 전 강호가 들끓었다.

남도련 본단의 괴멸도, 천진벽력당의 멸문지화도 모두 화산파와 관련된 일이었고, 주도한 이 또한 양쪽 모두 화산파의 도사라는 사실 때문이었다.

경악과 충격 속에서 소문의 진위를 확인하려는 움직임이 있기도 전에 화산파에서 여양종의 효수된 머리를 목격한 자들이 속속 자파로 복귀하고 그 말들이 퍼져 나간 것이 이 모든 상황을 더욱 크게 부채질하는 단초가 되었다.

강호무림에 '화산'이란 두 글자가 끝을 모르고 사람들의 입에 오르내렸다.

소문의 구체적인 진상은 북검회와 남도련, 용천장이 오해와 착각 속에서 헤매던 내용들과 달리 매우 구체적이고 사실에 바탕을 둔 내용이 하루에 수천 리를 입에서 입으로 옮겨갔다.

모든 사달의 원인은 남도련이 사주한 여양종으로 인해 비롯된 일이라는 것.

간악한 계교로 화산파의 원로들이 자리를 비운 틈을 타 여양종과 수라십팔도객이 화산파의 젊은 청년과 어린 도사들을 상대로 학살극을 벌이려 했던 것.

그 와중에 화산파의 제자가 죽었다는 것까지.

그리고 놀랍게도 백 년 전 천하제일이었던 전설의 검신 한호가 나타나 여양종을 목을 단숨에 쳐 위기에서 화산파를 구해내고, 진노한 노기인이 남도련을 지우겠다고 선언했다는 것.

여양종의 수족인 수라십팔도객이 아직도 화산파 안에 사로잡혀 그를 증거해 줄 것이라는 것을.

사람들은 떠들어댔다.

남도련을 불태운 화산파의 기인이 남도련의 씨를 말리기 위해 아직도 강남땅에 있다더라.

천진벽력당을 멸문한 화산파의 장로가 문호를 정리하기 위해 경사의 황궁 조정 문턱까지 넘었다더라.

칠팔십 년 전부터 있는 듯 없는 듯 칼 찬 무림인들에게 관심이 멀어졌던 화산파의 존재감이 순식간에 천하제일세 용천장에 필적할 만큼 부각됐다.

　문을 어지럽힌 문호를 정리하는 데 있어 조정의 비호를 받고 있는 것도 개의치 않으며 지엄하고 추상같은 단죄로써 천진벽력당을 멸문한 화산파의 강단이 칭송받았다.

　강남무림의 절대자 여양종을 단칼에 목을 친 화산파의 돌아온 전대 천하제일인의 존재는 잊혀진 화산파의 저력을 세인들에게 다시 각인시키는 계기가 되었고, 여양종의 뒤에 버티고 있는 남도련을 상대로 그들의 세력에 굴하지 않고 죄를 묻는 단호함에 사람들은 박수를 보냈다.

　무림의 사람들은 한결같이 생각했다.

　화산파의 분노.

　백 년 가까이 조용히 잠을 청하던 저 거인을 떨치고 일어나게 만든 이유.

　누군가의 죽음 때문이라고 생각했다.

　단 한 명의 죽음.

　화산파의 일대제자.

　그 일대제자의 피값을 받아내기 위해 화산파의 연로한 장로가 직접 나선 것이라고.

　전대의 고인이 은거를 깨고 나와 무림의 절반을 상대하고 있는 것이라고.

　그래서 사람들은 이 경천동지할 일과 관련해서 한 사람의 이름을 오래도록 기억했다.

화산파 일대제자 '장평'이란 이름을.

한편, 온 세상이 떠들썩한 가운데 모든 일의 발단이자 첫 시발점이랄 수 있는 화산은 지극히 조용한 나날을 보내고 있었다.

한 사람을 제외하고는.

"멸문… 괴멸……?"

홍화순은 처음 그 말을 들었을 때 이걸 정말 곧이곧대로 믿어야 하나라는 의문이 들었다.

하지만 화음 분타주가 그와 농을 칠 신분도 아니고 그럴 사이는 더더욱 아니었다.

보고를 받은 그는 정신이 하나도 없었다.

며칠 전, 호북 땅에서 발견되었다던 검신 태사조와 화음현에서 배를 탔다는 신 장로.

몇 달, 몇 년도 아니고 그 며칠 사이에. 그것도 이제 그들의 행적에 관해 두 번째 보고를 듣게 된 내용이.

'태사조님은 단신으로 남도련 본단을 쳐들어가 괴멸시키고, 신 장로께선 천진까지 가셔서 천진벽력당을 멸문해 문호를 바로하셨다?'

홍화순이 혈표란 별호에 어울리지 않게 얼빠진 표정으로 화음 분타주 교를 쳐다봤다.

다행히 교는 홍화순이 그런 표정을 짓는 것을 이해했다.

한꺼번에 발단부터 결론까지 전해받은 홍화순과 달리, 시시각각 쉴 새 없이 들어오는 단편적인 보고를 받아 정리해야 했던 교는 홍화순이 짓는 표정에서 끝나지 않았으니까.

그때 교는 그저 한 가지 생각밖에 하지 않았다.

도대체 무림에 무슨 일이 벌어지고 있는 것인가, 라는 생각.

"화산파에서 벌어진 일들과 이와 관련되거나 비롯된 일 전부가 아주 소상하게 이미 전 무림에 퍼졌습니다."

"……"

황망한 표정을 하고 있던 홍화순이 그 말에 반사적으로 고개를 돌려 멀리 보이는 화산파 도관들을 흘깃 쳐다봤다.

전 무림에 퍼져?

홍화순은 이 사태를 어찌해야 할지 머릿속이 터질 것 같았다.

지금의 사태?

화산파는 지금 천진벽력당이니 남도련이니 하는 것은 둘째 치고, 아직까지도 검신 태사조와 침정궁주가 밖에 나갔다는 사실조차 모르고 있는 상태였기 때문이다.

홍화순은 머리를 절레절레 흔들었다.

자신이 뭘 하고 자시고 할 문제가 아니었기 때문이다.

'어차피 태사조님과 신 장로가 벌인 일이다. 사고를 친 것도 내가 아니고, 내가 무엇을 어떻게 할 수 있는 것도 아니질 않은가? 내 선에서 할 수 있는 것은 그저 작금의 이 상황을 사문에 알릴 것인가 말 것인가를 선택……'

홍화순이 그런 대로 선을 그어 향후에 어떻게 행동할지 결정을 내리려는 찰나.

"한 가지 우려스러운 부분이 있습니다."

"뭡니까?"

교가 매우 곤혹스러운 표정을 지으며 말했다.

"이번 사태로 점점 화산에 이목이 집중되고 있습니다. 강남강북 할 것 없이 전부 말입니다."

"……!"

교의 말은 대번에 홍화순의 표정을 경직되게 만들었다.

"각 분타와 지타의 형제들에게서 올라오는 보고에 의하면 이런저런 목적을 가지고 화산파로 오려는 자가 한둘이 아니라고 합니다."

홍화순은 그 말에 거의 신음에 가까운 비음을 토해냈다.

"아직까지는 불손한 의도를 가지고 무리를 이루거나 암암리에 이동하는 부류는 발견하지 못했으나 시간이 지나면 아무래도 그 부분을 간과할 수 없는……."

"그건……."

"……?"

당혹과 혼란스러움으로 범벅이 돼 있던 홍화순의 표정이 순식간에 본래의 차분함으로 돌아와 있었다.

그리고 입에서 꺼내는 말 한마디 한마디는 조금의 주저함 이나 머뭇거림이 없었다.

마치 처음부터 그럴 작정이었다는 듯.

왜 그랬는지 몰랐다.

홍화순은 그 말을 자신의 입으로 옮기는 그 순간까지도 자 신의 행동을 스스로도 납득하지 못했으니까.

그는 그런 남자였다.

해야겠다고 일단 마음을 먹으면 생각보다 말이 앞서고 바 로 행동으로 옮겼으니까.

그리고 홍화순은 그렇게 내린 결정에 대해 이제껏 단 한 번 도 후회한 적 또한 없었다는 것이다.

그것이 좋은 결과를 가져왔든. 그렇지 않든.

그래서 사람들은 그를 일러 혈표라 불렀다.

第八章

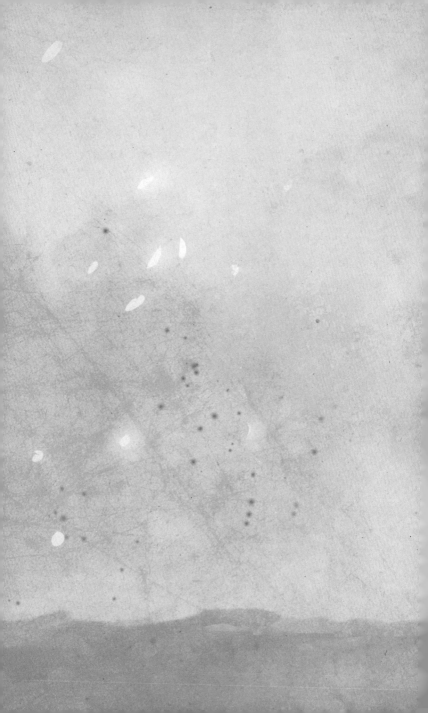

악양의 무인단리가(無刃單離家)는 오대조인 무인기협(無刃
氣俠) 단리극이 날이 서지 않은 무인검으로 협행을 해 이름을
떨치면서 일가를 이루게 된 가문이다.

　현 가주인 단리종도 과거 무인기협 같은 협행은 아니나 뛰
어난 검술과 엄격한 가풍을 유지시켜 철심군자(鐵心君子)란
명호로 그 어느 때보다도 가문의 중흥을 이끌고 있었다.

　단리가의 정문 현판을 보던 염세악이 옆을 힐끔 쳐다봤다.

　"오늘은 왜 안 묻냐?"

　"뭘 말입니까요?"

도주할 기회를 놓쳐 아직도 쭐레쭐레 따라다니는 신세인 육조였다.

"저번에 장사의 남도련 본단을 칠 때는 왜 거길 치냐고 따지더니 오늘은 조용해서 그런다."

육조가 그 말에 헛웃음을 지었다.

"남도련 본단이 잿더미가 되는 것도 본 마당에 단리가가 무슨 대수겠습니까?"

"하긴."

생각해 보니 그도 그럴듯했다.

"잘 챙겨서 데려와."

염세악의 말에 육조가 짜증난 표정으로 발을 들어 반대편 옆에 서 있는 위인의 엉덩이를 걷어찼다.

"가."

순간 엉덩이를 걷어차인 자가 육조를 죽일 듯이 노려봤다.

"홀딱 벗겨서 누군지 사람들한테 알려줘?"

육조의 협박에 남자가 움찔했다.

염세악이 하던 공갈을 그대로 치는 맛에 육조는 즐겁기 짝이 없었다.

엉덩이를 걷어차인 자는 다름 아닌 얼마 전까지만 해도 남도련의 심장부에서 강남무림을 좌지우지하던 남도련의 책사 명견혜도 사마군이었다.

무음살왕이란 위치에도 불구하고 과거라면 꿈에도 못 꿀 사마군을 곁에 두고 희롱을 일삼던 육조가 궁금하다는 듯 말했다.

"그런데 말입니다요."

"뭐가?"

육조가 턱짓으로 사마군을 가리켰다.

"내공을 못 쓰게 고명하신 수법으로 폐맥점혈도 하셨는데 사지 멀쩡히 움직이게는 놔두면서……."

염세악이 뒤를 몽창 끊었다.

"아혈은 왜 점했냐고?"

'귀신같은 영감탱이!'

내일 모레면 환갑인 육조가 염세악의 노회함을 욕했다.

요 며칠 동안의 고초를 말해주듯 사마군의 행색은 청수함과는 거리가 먼 꾀죄죄하고 초췌한 모습이었다.

"이런 놈들은 무공을 폐하고 사지를 잘라도 반드시 후환이 있다."

"예?"

하지만 염세악은 어디까지나 주관적이지만 쉴 새 없이 눈알을 굴리는 사마군을 보며 자신의 머리를 톡톡 두들겼다.

"죽이는 것이 제일 확실하지만 그렇지 않을 거면 입을 봉해야 돼! 자고로 머리 쓰는 놈들의 제일 무서운 무기가 헛바닥이니라."

"허?"

육조가 기가 막힌 표정을 지었다.

물론 염세악의 탁월한 식견에 감탄해서가 아니었다.

'검신? 검신은 얼어 죽을! 저게 무슨 도사야? 무슨 놈의 도사가 저리 때가 묻었어?'

육조는 백 년 전에 은거했다던 이 괴물 영감이 깊은 산중에서 도만 닦은 것은 필시 사기일 거라 생각했다.

그렇지 않고서야 저 말투, 저 행동 어디에서 탈속한 기품 따위가 느껴지는가 말이다.

"멈추시오! 어디의 누구인지 신분을 밝히고 용무를 말하시오!"

단리가를 수호하는 호검대 서장범이 가까이 거리를 좁혀 오는 염세악과 육조 그리고 사마군을 향해 소리쳤다.

염세악은 그 성격 그대로 본론부터 꺼냈다.

"남도련이냐?"

"……?"

서장범은 밑도 끝도 없이 무슨 뚱딴지같은 소리냐는 얼굴로 황당한 표정을 짓지 않을 수 없었다.

염세악이 다시 물었다.

"남도련이냐고?"

'뭐 이런 무례한 노인이 다 있는가?'

서장범은 염세악의 무례한 행동에 노기가 치밀어 올랐지만 혹시라도 고인을 몰라봐 결례를 범할 수도 있다는 생각에 한 번은 인내했다.

"여긴 단리세가요, 노인장."

"쯧!"

염세악이 혀를 차며 손바닥으로 이마를 쓱싹쓱싹 문질러 댔다.

이를 본 육조와 사마군이 동시에 움찔해 일심동체로 염세악의 곁에서 한 걸음 물러섰다.

손바닥으로 이마를 문질러 대는 것이 염세악이 짜증이 치밀어 오를 때 나오는 습관임을 그들이 몸으로 겪어 체득한 소중한 정보였기 때문이다.

"그러니까, 남도련이냔 말이다."

"……."

서장범은 붉게 달아오른 얼굴로 염세악을 노려봤다. 육조도 이 미친 괴물이 또 무슨 괴벽으로 저러나 싶었다.

그도 염세악이 남도련 본단을 괴멸시킨 후의 행보가 왜 여기인지, 뭘 하러 온 건지 전혀 모르고 있었다.

결국 서장범이 벌컥 화가 나 소리쳤다.

"남도련 그늘 아래 있으나 여기는 단리세가이지 남도련이
아니오!"

염세악은 서장범의 노한 호통을 그의 방식대로 받아들였
다.

"그래? 남도련이야?"

그리고 서장범은 눈앞이 번쩍하더니 의식이 아득해졌다.

마른하늘에 날벼락 떨어지듯 단리가는 때아닌 평지풍파가
일었다.

염세악이 단 한 마디 물어보곤 그대로 단리가 안으로 들어
가 눈에 보이는 건 전각이든 작은 객방이든 그릇 하나까지 모
조리 때려 부쉈기 때문이다.

당연히 단리가의 사람들은 무기를 들고 달려들었고, 염세
악은 그들을 죽도록 두들겨 팼다.

단지 내공을 쓰지 않았을 뿐.

그리고 애써 달려들지 않는 무인들은 또 그냥 그대로 놔뒀
다.

사마군은 염세악이 부리는 패악질을 보며 무슨 의도로 저
러는 건가 머릿속이 실타래처럼 복잡해졌다.

육조는…….

…그냥 관심을 끊었다.

남도련 총본단이 폐허로 변하는 것을 처음부터 끝까지 본 그다.

사람이 그렇다.

큰물에서 놀다 보면 작은 것에는 연연하지 않는 무소유의 깨달음을 얻는다고나 할까?

염세악은 서까래를 밀고 기둥을 뽑아 부러뜨리고 벽돌 한 장까지 으스러뜨렸다.

눈앞에서 선조들이 일군 가문의 주춧돌이 흔적도 없이 폐허로 변하는 것을 본 철심군자 단리종이 절규했다.

도대체 왜! 무엇 때문에!

염세악의 대답은 간단했다.

"남도련이라며?"

단리종이 그 말에 반쯤 실성했을 때, 염세악이 육조더러 사마군을 데리고 오라 시켰다.

그리고 준비된 붓과 종이를 단리종에게 내밀었다.

*　　　*　　　*

응천문(應天門)은 강소성의 패자로 남도련에서도 단일 세력으로 열 손가락에 드는 문파다.

남도련이 무너졌다는 소문은 파다하게 퍼지고 아주 미미

한 수준의 사건에 불과한 무인단리가에 대한 일이 그 근동에서만 떠돌고 있을 때, 염세악은 동쪽으로 며칠 밤낮을 달려 응천문 앞에 도달했다.

"남도련이냐?"

"……?"

응천문 앞에 도착하자마자 대뜸 묻는 염세악을 보며 육조의 눈초리가 가늘어졌다. 사마군도 미간을 잔뜩 모았다.

'또?'

'도대체가?'

신분도 밝히지 않은 채 갑작스런 물음을 받은 응천문의 문도는 단리세가의 무인과 달리 겉으로 감정을 드러내지 않으며 차분히 대답했다.

"우리 응천문은 남도련에 속해 있으나 남도련의 지단이 아니라 오랜 역사와 전통을 자랑하는……."

"남도련이구만?"

그게 다였다.

다만 어리둥절한 표정을 짓는 응천문의 문도와 달리 육조와 사마군은 슬며시 뒤로 물러났다.

콰콰쾅!

으아아아악!

대문이 부서져 나가고 웅천문의 전 문도가 달려들었다.

염세악이 파리 쫓듯 손을 휙 하고 내젓자 웅천문의 가장 큰 전각의 지붕이 통째로 뜯겨 나가 허공으로 솟구쳤다.

이 한 장면만으로 염세악에게 달려들던 웅천문의 문도들은 완전히 전의를 상실해 버렸다.

아무도 달려들거나 항거하는 자가 없었고, 그러거나 말거나 염세악은 단리가 때와 마찬가지로 눈에 보이고 손에 잡히고 발에 걸리는 모든 것을 풍비박산 냈다.

벽돌 한 장까지 다 부순 뒤에 주춧돌까지 맨손으로 뽑아낸 염세악이 우물 위에 올라가 한바탕 오줌을 싸고는 장으로 후려쳐 다시는 우물을 못 쓰게 완전히 허물어뜨렸다.

겁에 질린 웅천문도들은 염세악이 두려워 벌벌 떨었지만 웅천문의 문주와 중진들은 그야말로 기가 막혔다.

일을 이 지경으로 만들었으면 최소한 이유라도 말해줘야 하는 것이 아닌가.

원한이 있든, 앙심이 있든, 아니면 어떤 목적이 있든.

이유도 말해주지 않고, 그렇다고 원하는 것이 있다 뭐 이런 말 자체가 없었다.

강소성의 오랜 패자이자 경쟁자가 없어 성세가 기운 적이 없던 웅천문.

응천문주 백야비도(白夜匕濤) 청일해는 눈앞에서 문파의 모든 것이 폐허로 변해 잔해만이 쌓여가는 것을 보며 피눈물을 흘렸다.

그리고 하늘에서 뚝 떨어진 재앙인 양 대항할 엄두조차 낼 수 없는 염세악을 향해 부르짖었다.

이유가 뭐냐고! 도대체 왜!

염세악이 말했다.

"남도련이라며?"

청일해는 단지 그 이유 때문이냐고 물었고 염세악은 성질 부리지 않고 다시 답해주었다.

"남도련이니까."

그리고 어느새 강호제일의 눈치꾸러기가 된 육조는 염세악이 부르기도 전에 사마군을 끌고서 손에는 지필묵을 든 채 재깍 나타났다.

사마군을 본 청일해가 뒤늦게 경악해 염세악을 쳐다봤다.

현명한 그는 사마군을 목격한 것만으로도 염세악이 남도련을 괴멸시킨 문제의 화산파 검신이란 것을 단숨에 깨달은 것이다.

*　　　*　　　*

회도문(回刀門)

"······."

"뭐? 말을 해, 이놈아!"

염세악은 현판을 물끄러미 보던 육조가 아무 말도 없이 쳐다보기만 하자 인상을 썼다.

사마군의 표정은 이미 굳을 대로 굳어진 상황이었다.

무림제일도(武林第一刀) 야도(野刀).

아직까지도 어디서 무얼 하고 있는지 전혀 모습을 드러내지 않고 있는 남도련의 수장.

회도문은 바로 그 야도가 어린 시절 나고 자란 곳이었다.

비록 회도문을 뛰쳐나오긴 했으나 직계손이기에 파문이나 축출의 과정을 거친 것은 아니다.

야도가 가문인 회도문의 절기 무한비도(無限飛刀)와 폭풍회선도(暴風回旋刀)를 거부하고 스스로 만족할 도법을 찾아 천하를 주유한 이야기는 유명한 일화다.

육조는 야도라고 이 괴물에게 별 수 있겠나라는 생각은 들었지만 그래도 께름칙한 건 께름칙한 거였다.

"저기··· 검신님······."

염세악은 뜸을 들이는 육조를 보며 콧방귀를 꼈다.

"대가리 굴리지 말고 썰 거 있으면 빨리 썰어."

"……."

대체 저런 말투는 어디서 듣고 와서 도사 입을 저리 버려놨나 하는 생각이 순간 스쳤다.

"야도가 아직까지 검신님 앞에 나타나지 않은 것이 괘씸하긴 하지만, 그래도 저건 좀……."

염세악이 육조의 의견에 답했다.

"개인적인 감정은 없다."

'염병할!'

육조는 욕이 목구멍까지 올라온 걸 간신히 참았다.

사마군이라고 육조와 다르겠는가. 그 심정이야 말해 무엇하리.

둘이 염세악의 밑도 끝도 없는 괴행에 치를 떨고 있을 때, 멀리서 염세악 특유의 묘하게 신경을 건드리는 목소리가 둘의 귓전을 파고들었다.

"남도련이냐?"

"……?"

육조도, 사마군도 할 수 있는 것이라곤 회도문의 명복을 비는 것 밖에 없었다.

*   *   *

남도련이 총단이 괴멸된 경악스러운 소식 후, 돌아가는 사태의 추이를 지켜보려던 무림은 기겁하고 만다.

강남무림이 줄초상이 났기 때문이다.

처음은 소문조차 제대로 나지 않았다.

사람들이 사달이 났음을 최초로 접하게 된 건 연이어 풍비박산 난 철기당(鐵騎黨)과, 청마방(靑馬房), 사형도문(蛇形刀門)에 관한 소문 때문이었다.

어느 날 갑자기 예고도 없이 홍수는 쳐들어온다고 했다.

죽기 살기로 덤벼들지 않는 이상 사람은 크게 상하지 않으나 문파와 가문이 풍비박산 난 이유는 홍수가 벽돌 한 장까지도 다 까부수고 서까래와 주춧돌까지 뽑아내 버리는 패악질을 부려서라고 했다.

게다가 홍수의 무공이 실로 가공할 지경이라 이제껏 그 누구도 일초지적이 되지 못했다고 전해지면서 강남무림은 아연실색했다.

남도련 사건만으로도 사태 수습과 동향을 살피는 일에 골머리를 앓고 있는 판에 새로운 소문은 전혀 달가운 소식이 아니었다.

게다가 소문이 너무나 괴이했다.

입에서 입으로 퍼져 나간 소문에 의하면 홍수는 패악질을 부리기 전에 단 한 가지 사실 여부만을 확인한다고 했다.

남도련이냐고.

지금껏 거의 멸문지화에 준하는 재앙을 받거나 풍비박산
난 곳은 모두 남도련에 속해 그리 당했다는 것이다.

사람들은 이 해괴한 소문을 믿지 않았다.

단지 그 이유뿐이라니?

하지만 불과 며칠 전에 화를 당했다는 웅천문에서 흉수가
명견혜도 사마군을 볼모로 끌고 다닌다는 증언이 나오자 강
남무림은 다시 한 번 발칵 뒤집혔다.

사마군이라니?

무너진 남도련 총단에서 실종된 사마군을 끌고 다닐 사람
이라면 누구겠는가.

다름 아닌 남도련 총단을 무너뜨린 그 화산파의 검신인 것
이다.

그 다음 날에는 회도문도 화를 피하지 못했다는 사실을 알
게 되면서 무림인들은 기절초풍했다.

회도문 또한 폐허라고 할 것까지도 없이 싹 쓸어버렸다는
소식에 사람들은 그만 할 말을 잃고 말았다.

그때부터, 강남무림의 행세 좀 한다 하는 세력들은 전전긍
긍했다.

언제 검신의 방문을 받을지 몰라서였다.

그랬기 때문일까?

중소 규모 이상을 자랑하는 무가와 무림방파들이 신속히 서찰을 주고받으며 다함께 힘을 결집하여 검신에 대항할 방도를 찾자는 의견이 나와 차츰 중지가 모아지고 있었다.

그러다 잠시 뜸하던 차에 검신의 방문을 받았다는 곳이 나타났다.

놀랍게도 이번에는 남궁세가였다.

사람들은 남궁세가까지 횡액을 면치 못했단 말인가, 라며 고개를 절레절레 흔들었다.

하지만 사람들의 예상과 달리 남궁세가는 건재하다는 공식 발표가 흘러나왔다.

진위 여부를 확인하기 위해 직접 두 눈으로 건재한 남궁세가를 봤다는 증인도 여럿 있었다.

어찌 된 일인지 어리둥절하던 차에 누구의 입에서 시작된 말인지 모르나 이유가 밝혀졌다.

남도련이 아니다, 라고 말하면 그만이라는 것이다.

물론 그것을 문서로 남기고 사마군이 공증을 써야 한다는 조건도 있었단다.

꽤나 구체적이었다.

무림인들은 그것이 정말일까라는 생각에 의심 반 믿음 반 좀 더 진위 여부를 확인하려 했다.

한데 그전에 이미 화를 당한 곳에서도 비슷한 증언이 속출

했다.

검신이 각 파의 건물을 싹 밀어버려서 폐허로 만든 후에 당사자들에게 두 가지 선택지를 줬다는 것이다.

남도련으로 남아 무공을 전폐당할 것인가.

사지 멀쩡한 대신 남도련을 탈퇴할 것인가.

탈퇴를 한다면 문서로 남기고 사마군이 공증을 쓸 것이라는 부분은 똑같았다.

그리고 화를 당한 이는 전부 남도련을 탈퇴한다는 각서를 썼다고 한다.

처음에는 그런 소식에 신의를 모르는 후안무치한 자들이라고 사람들이 손가락질하고 침을 뱉었다. 하지만 점차 시간이 지날수록 무공을 전폐당해 폐인이 되는 일이 두려워졌고 사실상 유명무실해진 남도련에게 신의를 지킬 필요가 있겠는가라는 회의론이 부상했다.

게다가 쉬쉬하면서도 암암리에 남도련에서 살아남은 수뇌부가 사실은 검신 앞에서 그와 같은 각서를 쓰고 몸 성히 풀려났다는 소문까지 돌았다.

이에 강남을 거점으로 둔 무림방파와 가문들은 지레 겁을 먹고 서둘러 너도나도 남도련을 탈퇴한다는 선언을 했다.

함께 힘을 모아 검신을 대적하자는 유력 가문과 방파들이 동분서주했지만 가문과 문파를 보전할 수 있는 너무나 손쉬운 방법이 생긴 그들은 들은 척도 하지 않았다.

결국 처음 중지를 모았던 기세가 꺾여 이탈이 점차 심해지고, 중앙에서도 눈치를 보다 누군가가 먼저 남도련 탈퇴를 기습적으로 선언하니 모든 것이 유야무야되며 나머지 세력도 줄줄이 남도련 탈퇴를 선언했다.

그렇게 한 달.

단 한 달 만에 남도련을 표방하는 무림세력은 강남무림에 단 한 곳도 존재하지 않았다.

*　　　*　　　*

"정말 지우셨구나. 남도련을."

신음처럼 뇌까리는 홍화순의 말에 화음 분타주도 동의한다는 듯 고개를 끄덕였다.

"놀랍고 누구도 예측하지 못한 행보십니다. 무림사에 길이 남을 전무후무한 일입니다."

화음 분타주가 전과 달리 검신에 대한 존경심을 품은 표정으로 존대까지 하며 극찬했다.

"무서운 분인 건 알고 있었으나, 이것은 정말… 정말… 어떻게……."

홍화순은 말을 잇지 못했다.

이런 식으로 남도련을 지울 줄 누가 생각이나 했겠는가.

홍화순도 태사조가 남도련을 지우겠다는 선언을 했다고 들었을 때, 무림이 검신을 막으려면 피가 강을 이루고 시체가 산을 쌓겠구나라고 생각했다.

그게 아니면 화산파가 멸문이 되든가.

"아쉽습니다."

"······?"

홍화순은 화음 분타주의 뜬금없는 말에 무슨 소리냐는 듯 쳐다봤다.

화음 분타주가 씨익 웃으며 말했다.

"무림에서 세력 좀 일구신 높으신 분들이 지금쯤 어떤 얼굴을 하고 있을지 정말 보고 싶군요. 예를 들자면 소위 천하 무림을 경영한다는 저 용천장 같은 곳 말입니다."

"훗."

홍화순이 픽 웃었다.

실로 오랜만에 지어보는 웃음이었다.

*　　　*　　　*

"······."

"······."

연산홍과 서 총관은 강남무림에서 속속 올라온 보고가 정리된 것을 보며 말이 없어졌다.

더 이상의 놀랄 일도, 더 이상의 당황할 일도 없을 거라던 연산홍은 자신이 한 말을 지키지 못했다.

서 총관은 놀라고 황당한 마음에 아예 할 말을 잃은 듯 보였다.

"남도련이 지워졌군요. 그자가 공언한 대로."

"이, 이런 식으로 남도련이 사라질 줄은… 이, 이걸……. 허? 어찌 이런!"

평생 이렇게 기가 막힌 경우는 처음이었다.

연산홍은 벌써 몇 번이나 봤었던, 하지만 의도조차 예측하지 못했던 지난 검신의 행보를 적은 보고서를 구겨 쥐며 보고 또 봤다.

문득 그 눈길이 언제부터인지 가늘게 경련하고 있는 자신의 손을 바라봤다.

떨림은 손에만 국한된 것이 아니었다.

휘청.

"아가씨!"

서 총관이 깜짝 놀라 손을 뻗는 것을 연산홍이 괜찮다는 듯 손을 내저었다.

그러곤 주변을 두리번거리다 한쪽 구석에 놓인 의자로 가

앉았다.

서 총관이 그런 그녀를 쳐다봤다.

"……."

평소에는 절대 편히 앉아 쉬는 법이 없는 연산홍이다.

그도 등 뒤를 돌아보다 비어 있는 의자에 가 앉았다. 마찬가지로 그 또한 이렇듯 의자에 앉아본 지가 몇 해 전인지 까마득했다.

그리고 둘은 가끔 대화를 나누는 이 작은 서고에 의자가 있다는 사실을 오늘에야 처음 알았다.

"하아……."

"후우……."

둘은 약속이라도 한 것처럼 동시에, 그러나 아주 작게 한숨을 내쉬며 무거워진 머리를 등 뒤 벽에 기댔다.

그리고 한참 동안이나 둘은 그렇게 말이 없었다.

*　　　*　　　*

육조는 직접 곁에서 이 모든 과정을 지켜봤으면서도 지금의 상황이 믿기지 않았다.

"이걸 다 의도하신 것입니까?"

육조의 물음은 사마군도 묻고 싶은 것이었다. 그는 아직도 입이 자유롭지 못했다.

오랜만에 객잔의 제일 높은 층에서 편안히 음식을 즐기는 염세악이 기분이 좋아 선선히 대답했다.

"뭐, 그렇다고 할 수 있지."

"허?"

육조가 기함 어린 탄성을 흘렸다.

그리고 솔직하고 허심탄회하게 지난 속내를 밝혔다.

"전, 검신님이 다 죽여 없앨 줄 알았습니다."

육조의 말에 곁에 있던 사마군이 움찔했다.

"미친놈! 앞뒤 물불 안 가리고 다 죽였다가 그 뒷감당은 어떻게 하려고?"

염세악의 말에 육조가 오히려 이상하다는 듯 대꾸했다.

"아끼던 사손이 죽어나갔는데 그런 걸 생각할 틈이 어디 있습니까요?"

"네놈 사손이냐? 내 사손이지."

"그럼 처음 화산파 산문을 나설 때부터 그걸 생각하고 계셨었다는 말입니까?"

염세악이 고개를 끄덕였다.

'무서운 양반!'

육조가 혀를 내둘렀다.

사마군은 염세악이 생각보다 더욱 무서운 인물이라고 생

각했다.

말이야 쉽다.

복수를 하겠다고 마음먹을 정도면 그 사무치는 복수심이 이미 이성을 압도하는 상황이어야 했다.

그런데도 저 검신은 일을 시작도 하기 전에 뒷일까지 염두에 두고 있었다는 것이다.

'실로 무서운 이가 아닌가?'

사마군은 새삼 염세악을 보며 간담이 서늘해졌다.

"아니, 백 년이 넘어가도록 도만 닦으신 분이 무슨 머리가 그렇게 잘 돌아갑니까?"

기가 막혀 하는 육조의 말엔 진심이 담겨 있었다.

염세악이 그 말에 피식 웃었다.

"너도 피 좀 보겠다고 설쳤다가 한 평생 갇혀 있어 봐라. 이런 정도 수준의 계획은 수만 가지를 만들어봤을 테니까."

"……?"

육조가 뜬금없이 무슨 뚱딴지같은 소리냐는 표정을 지었다.

이때만큼은 눈치가 빠르고 현명한 사마군도 염세악의 말 뜻을 헤아리지 못했다.

당연한 일이었다.

염세악의 말은 검신 한호로서 말한 것이 아니라 천살마군의 경험과 교훈을 얘기한 것이니까.

"그래도 명색이 복수인데 좀 싱겁지 않습니까?"

"뭐? 이놈이 내가 무슨 세상을 시산혈해로 만들 개세의 대마두인 줄 알아?"

"그때는 그렇게 무서워 보이셨으니까요. 그래서 남도련에서 그자들을 다 살려두신 것도, 실제로는 살수는 거의 쓰시지 않은 것도 이해가 가지 않았습니다."

염세악이 사발에 술을 한 가득 따랐다.

"왜 죽이지 않았느냐고?"

염세악이 술을 가득 채운 사발의 겉면을 손으로 매만지며 피식 웃었다.

"왜 다 죽여 버리지 않을까? 왜? 장평이 그렇게 죽은 것에 분이라도 풀려면 다 죽여도 시원찮을 텐데."

"……."

육조도 공감했다. 충분히 그럴 수 있으니까.

"옛날이라면 그랬겠지… 옛날이라면……."

'그땐 혼자였으니까. 그땐 아무도 없었으니까. 그래서 내 성질대로 살았으니까.'

염세악은 남 얘기하듯 속내를 풀어냈다.

"분은 풀어야 했다. 벌도 내리고 고통도 줘야지. 그래야 공평하니까. 하지만 장평의 피를 다른 이의 피로 보상하고 싶진 않았다."

"예?"

염세악의 눈 위로 장평의 마지막 순간이 스치고 지나갔다.

입만 겨우 뻥긋거리던 그 마지막 순간.

'제자들을… 화산을……'

염세악은 지그시 눈을 감았다.

"죽은 그 녀석은 참으로 좋은 놈이다. 아주 착해."

"……."

"그래서였다. 장평이라는 이름 뒤에 흉험함을 남기고 싶지 않았다. 그 녀석의 복수를 위해서 피가 강을 이루고 시체가 산을 쌓았다는 흉함으로 사람들이 녀석을 기억하게 만들고 싶지 않았다."

육조는 그저 화산파의 일대제자 중에 좀 젊은 친구라고 생각했다.

별호도 없는 것을 보니 바깥세상 구경 못 해봤을 것이고.

그런데 지금 보니 검신이 죽은 그 장평이란 젊은 도사를 생각하는 모양새가 보통 정이 아닌 듯했다.

"그 장평이란 도사님은 특별한 분이셨나 봅니다."

"그럼. 아암!"

염세악이 당연하다는 듯 크게 소리를 내며 고개를 끄덕였다.

그리고 먹장구름이 잔뜩 낀 창밖으로 시선을 던졌다.

번개라는 놈은 날이 흐려져야 비로소 모습을 드러낸다.

혼탁한 어둠속에서 그 빛은 일월보다 밝고 눈이 부시다.

염세악의 눈빛이 뿌옇게 변했다.

'하지만 섬광처럼 찰나의 순간이라 덧없구나.'

第九章

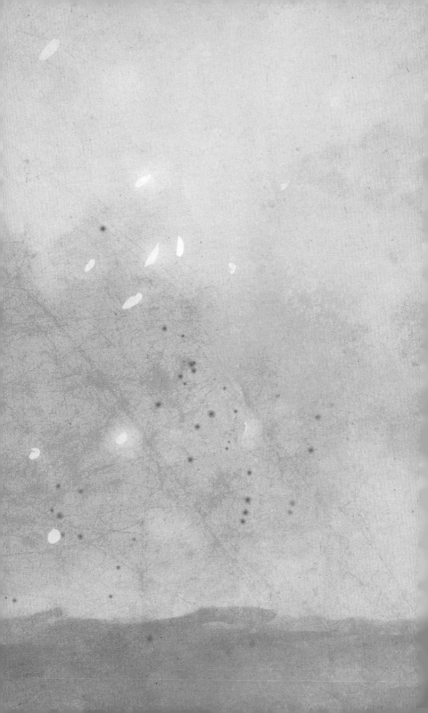

"점점 힘들어지고 있습니다."

"아직, 아직은 아닐세."

홍화순이 고개를 젓자, 화음 분타주가 한숨을 쉬며 고개를 흔들었다.

"아무리 우리 흑회라도 그 모든 걸 다 막을 수는 없습니다."

홍화순도 알고 있었다. 하지만 어쩔 수 없었다.

지금의 화산파로선 아직은 감당할 수 없었다.

"최대한 힘을 써보게."

화음 분타주가 이해가 안 간다는 얼굴로 말했다.

"방주와 소방주의 사문이니 이해는 갑니다만, 소방주는 화산파의 중요한 직책을 맡고 계신 것도 아니지 않습니까?"

"……."

"교 모는 소방주께서 이렇게까지 하시는 이유를 솔직히 잘 모르겠습니다."

홍화순은 짙은 한숨을 내쉬었다.

"최대한 역량을 발휘해 보게. 형제들에게 내가 부탁한다고 전해주고. 좀 더 시간이 필요하네."

"언젠가는 알게 될 사실입니다."

"나도 알고 있네."

화음 분타주가 답답하다는 듯 혀를 찼다.

"화산파에도 백발의 장로들이 있고, 매화검수인 일대제자들이 있지 않습니까?"

왜 그들을 믿지 못하느냐는 말이었다.

홍화순은 대답할 수 없었다.

더불어 교의 무엄한 질문에도 당당히 질책하지 못했다.

'아직은… 아직은 아니다. 태사조께서 돌아오실 때까진… 아니, 신 장로만이라도…….'

홍화순은 부디 우려스러운 일이 벌어지지 않길 바랐다.

그러나 그가 걱정했던 부분은 화산의 외부가 아닌 안에서

부터 불거져 나왔다.

"썩 물러가거라!"

자운전 안이 때 아닌 노성으로 들썩거렸다.

"하산을 허락해 주십시오!"

"허락해 주십시오!"

뒤이어 젊고 앳된 두 가닥 목소리가 그에 못지않게 자운전
주변을 메아리쳤다.

"이런 고연 놈들을 보았나!"

"어허! 물러가라는 소릴 듣지 못하였느냐?"

자운전으로 들어서는 입구에서 차마 안으로 들어가지 못
하고 안절부절못하는 이는 이대제자의 둘째인 표심강과, 그
와 짝을 이뤄 검술을 연마하는 삼대제자 해평이었다.

"그럴 수 없사옵니다!"

노골적인 고성에 표심강의 얼굴 위로 핏기가 가셨다.

"헉? 조 사형!"

그리고 조금 앳된 목소리가 뒤를 따랐다.

"하산을 명하시기 전까지는 이 자리에서 꼼짝하지 않을 것
입니다!"

이번엔 그 목소리에 해평이 화들짝 놀랐다.

"으아? 대사형, 어쩌자고 대장로님께 그런 불손한 언사를?"

자운전 안의 대장로 손괴 등 장로들의 진노한 호통에도 불구하고 한 치도 물러서지 않고 있는 목소리의 주인공은 놀랍게도 일대제자도 아닌 이대와 삼대 항렬의 대제자인 조세걸과 양소호였다.

여양종이 수라십팔도객과 함께 화산파를 침탈하였을 때 가장 극심한 내외상을 입어 근 두 달여 가까이를 침상에서 몸을 보전해야 했다.

그리고 둘은 약전에서 그만 원래 숙소로 돌아가도 좋다는 말을 듣자마자 표심강과 해평의 부축을 뿌리치더니 이미 약속을 한 것인 양 허락도 받지 않고 나란히 자운전 안으로 들이닥쳤다.

놀란 건 표심강과 해평이었다.

일대제자가 아닌 자신들의 신분으로 감히 허락도 없이 하늘같은 장로분들의 거처를 그처럼 무도하게 들어서는 일은 상상할 수도 없는 일이었기 때문이다.

둘은 자신의 사형들처럼 자운전 안이 아니라 입구의 문지방도 감히 넘을 엄두도 내지 못했다.

무슨 일인가 가슴이 조마조마한 터에 얼마 지나지도 않아 대장로의 진노한 호통이 쩌렁쩌렁 울려 퍼졌다.

둘은 조세걸과 양소가 된통 혼구멍이 나서 풀이 죽은 기세로 나오겠거니 했다.

그게 당연한 수순이니까.

하지만 둘은 이내 자신의 귀를 의심했다.

항시 문규와 예를 강조하던 조세걸과 양소호가 언성을 높이며 물러가라는 대장로의 말에 정면으로 거부했기 때문이다.

그리고 흥분한 대장로 이하 여러 장로의 호통과 조세걸과 양소호의 고집 어린 고성 속에서 왜 이런 사달이 일어났는지 알게 됐다.

조세걸과 양소호가 하산을 허락해 달라 청한 것이다.

그 이유는······.

"조 사형, 대체 무슨 생각을 하시는 거요. 그게 어디 될 법한······."

"대사형, 남도련에 간다고 그들이 순순히 죄를 인정할 리가 없는데 어찌 고집을······."

둘은 조세걸과 양소호가 하산하려는 이유를 듣고 대경실색했다.

그 이유란 것이 남도련에게 찾아가 여양종 등이 무도하게 화산파를 침탈한 죄와 죽은 장평에 대한 사죄를 받겠다는 것이었다.

그게 어디 가당키나 한 소리인가?

저 대단한 남도련이 죄를 청한다고 청할 리가, 사죄를 받겠다고 사죄를 할 리가 없지 않은가.

둘은 조세걸과 양소호가 눈앞에서 장평 사숙이 장렬히 죽음을 맞이한 것을 보고 그 충격이 커서 냉정을 잃고 삿된 감정에 치우쳐 있는 것이라고 생각했다.

그래서 어서 두 사람이 이성을 되찾고 잘못을 깨우쳐 이 사달이 끝이 나기만을 바랐다.

조세걸과 양소호가 그만 고집을 꺾고 지금이라도 용서를 구하면 가볍지는 않겠지만 벌을 받고 끝날 일이기에.

하지만 곧이어 들려온 대노한 대장로 손괴의 일갈에 둘의 얼굴이 새파랗게 질렸다.

"오냐! 이놈들! 네 녀석들이 대사형의 신분을 망각하고 기어이 사문의 명을 어기겠다면 아예 도적을 불태우고 출문을 시켜주마!"

"……!"

표심강과 해평은 그만 그 일갈에 너무도 놀라 털썩 바닥에 주저앉고 말았다.

"크, 큰일 났다! 대, 대장로께서… 대장로께서……!"

도적을 불태우고 출문시키겠다는 말은 곧 화산도문에서 파문하겠다는 뜻이었다.

"표 사백!"

해평이 부르는 소리에 표심강이 황망 중에 고개를 돌렸다.

어느새 해평이 벌떡 일어서 어딘가로 갈 채비를 하고 있었다.

"어서! 어서! 정풍곡의 사백님들을……."

"……!"

표심강은 간절한 표정으로 해평이 하는 말에 정신이 번쩍 들었다.

그리곤 냅다 정풍곡을 향해 몸을 날렸다. 해평도 간발의 차이로 표심강을 뒤따라갔다.

"뭣이? 세결이와 소호가?"

일대제자의 대사형인 송자건은 표심강과 해평이 새파랗게 질린 얼굴로 달려와 헐떡이며 하는 말에 미간을 찌푸렸다.

하산이라니? 그것도 그 이유가 남도련에게 책임을?

'이런 철없는 것들을 보았나!'

송자건뿐만 아니라 다른 일대제자들도 조세결과 양소호의 행동을 두고 혀를 찼다.

그들이라고 아직 가시지 않은 장평의 죽음이 슬프지 않을 리가 없었다.

하지만 감정에 치우쳐 천지분간 못하는 조세결과 양소호의 행동은 벌을 받아 마땅했다.

게다가 감히 불경하게도 허락도 없이 자운전 안으로 난입해 장로들에게 언성을 높이다니.

"뭐라? 도적을 불태우고 출문시켜?"

이대제자들을 가르치는 검교였던 송연덕이 대장로 손괴가 대노하여 둘을 출문시키겠다 소리쳤다는 말에 놀라 벌떡 일어섰다.

"대사형!"

송자건도 어느새 표정이 무섭게 굳어져 있었다.

출문이라니.

다른 분도 아니고 대장로가 직접 그런 말을 했다면 사달이 나도 크게 난 것이 틀림없었다.

"가자!"

마음이 급해진 송자건이 앞뒤 재지 않고 서둘러 자리를 뜰 채비를 하자 송연덕, 반운산 등 모든 일대제자가 분분히 일어나 뒤를 따랐다.

이대와 삼대를 이끄는 대사형의 신분인 아이들이 출문될지도 모르는 일은 보통 일이 아니었다.

정풍곡을 나는 듯이 내려와 전력 질주할 때는 이미 표심강과 해평은 한참이나 뒤처져 보이지도 않았다.

화산파 도량 안으로 들어선 송자건 등은 곧바로 자운전 앞까지 날아갔다.

그리고 그들이 자운전 안으로 들어서는 입구 앞에 줄줄이 내려섰을 때 듣던 대로 안쪽으로부터 대장로 손괴의 호통 소리가 들려왔다.

"이노옴! 장평도, 장평을 죽인 여양종도 이미 죽었거늘 어찌 부정한 앙심과 복수심을 품었느냐! 네놈들이 그러고도 도사라 하겠느냐!'

"앙심이 아니옵니다!'

"복수심도 아니옵니다!'

송자건 등은 조세걸과 양소호의 쩌렁쩌렁 울리는 외침에 아연실색했다.

"저놈들이 미쳤구나!'

생각보다 사태가 심각했다.

그들이 서둘러 월동문 안으로 들어서니 자운전 안이 아닌 바깥에 조세걸과 양소호가 무릎을 꿇고 있고, 대장로 손괴 이하 몇몇 장로가 진노하여 호통을 치는 모습이 보였다.

그때, 울분에 찬 조세걸의 절규가 메아리쳤다.

"장평 사숙이 왜 죽었나이까!'

"……!'

"피하면 될 일을! 살려달라 빌면 될 일을요!'

조세걸과 양소호를 강제로라도 끌어내고 용서를 구할 요량이던 송자건 등이 순간 멈칫했다.

"장평 사숙은 팔이 잘리고 옆구리가 찢어져 내장이 쏟아져 내려도 물러서지 않았습니다! 그 이유가 무엇 때문입니까!"

순간, 송자건 등 일대제자들이 안색이 급변했다.

"그저 어린 저희를 구하기 위함이었습니까! 저희를 대신해 죽기 위함이었습니까! 진정 그뿐이었습니까!"

조세결의 절규를 양소호가 눈물을 줄줄 흘리며 이어나갔다.

"아니옵니다! 아니질 않사옵니까! 하산을 명해주십시오! 하산을 명해주십시오! 하산을 명해주십시오!"

양소호가 청석 바닥에 머리를 거칠게 찍어 눌렀다. 금세 이마가 깨지고 얼굴이 피로 물들었다.

울며불며 하산을 명해달라는 어린 양소호의 모습은 일대제자들의 가슴을 먹먹하게 만들었다.

하지만 대장로 손괴는 오히려 더욱 진노했다.

"오냐! 그렇게 가고 싶으면 도적을 불태우고 가거라! 화산의 이름으로 갈 수는 없을 것이니라!"

그러자 피범벅이 된 양소호가 벌떡 일어나 부르짖었다.

"화산이 왜 화산입니까!"

"……!"

양소호가 다시 소리쳤다.

"화산이 왜 화산입니까—!"

양소호의 연이은 외침은 거대한 범종이 되어 일대제자들의 머리를 강타했다.

화산이 왜 화산인가.

화산이 왜 화산인가.

화산이 왜 화산인가.

'평이는 왜 물러서지 않았는가.'

커다란 뉘우침이 송자건을 찾아왔다.

장평이 물러서지 않은 이유.

끝까지 여양종과 맞서 싸운 이유.

뒤늦은 눈물이 뺨을 타고 흐르며 송자건은 그 자리에서 털썩 무릎을 꿇었다.

다른 일대제자들도 함께 무릎을 꿇으며 눈물을 떨어뜨렸다.

그들의 눈물은 장평이 죽은 것에 대한 슬픔의 눈물이 아니었다.

죽기를 마다하지 않은, 죽어야만 했던 장평에게 뒤늦게 깨우친 미안함의 눈물이었다.

송자건이 떨리는 입술을 뗐다.

"화산은… 왜… 화산입니까……."

그의 뒤로 함께 무릎을 꿇은 일대제자가 모두 고개를 숙였다.

차마 얼굴을 들고 있을 염치가 없어서였다.

죽은 장평에게.

"이놈들아……."

대장로 손괴는 분노와 안타까움으로 일대제자들을 원망하듯 바라보다 끝내 깊은 한숨을 터뜨리며 고개를 흔들었다.

화산 초입의 산문 앞에 화산파의 문도가 바글바글 모여 있었다.

위로는 대장로 손괴부터 아래로는 아직 정식으로 수계도 받지 못한 어린 꼬마들까지.

그리고 염세악이 강제로 앉힌 홍화순 무리도 조금 떨어진 곳에서 함께 자리하고 있었다.

"온다!"

누군가 외치자 속삭이던 소리마저도 고요히 가라앉았다.

그리고 비탈진 길 위쪽에서 일대제자들이 모습을 드러내며 걸어 내려왔다.

장로들도, 이대, 삼대제자들도, 어린 꼬마들도 그들을 바라봤다.

화산파 일대제자.

매화검수.

'정녕 어쩌자고… 하필이면 지금에 와서…….'

홍화순은 근심이 가득한 표정으로 일대제자들을 응시했다.

순하고 착해 세상 물정 모르는 이들을 보호하고 어리석은 행동을 못하게 하려 지난 수일을 그토록 노력해 왔건만 엉뚱하게도 안에서부터 밖으로 나가는 일이 생길 줄이야.

'이제 밝혀지는 것은 시간문제겠구나.'

하지만 그것이 문제가 아니었다.

저들은 남도련에 죄를 물으러 간다고 한다.

그들은 알까.

남도련은 이미 지워졌다는 것을.

바로 검신 태사조님의 손에 의해서.

홍화순이 걱정되는 것은 좀 더 현실적인 것이었다.

저리 나간 화산파 일대제자들이 한창 예민해져 있는 무림인들에게 시비를 당하지 않을까라는 것.

세상이 얼마나 험한 줄 모르는 저들이 생각보다 혹독한 무림으로부터 잔인한 업신여김을 당하지 않을까라는 것.

어느새 장로들 앞에 선 일대제자들은 먼 길을 떠날 요량인 듯 저마다 행장이 꾸려진 차림새였다.

하지만 장로도, 그 이하 제자들도, 홍화순을 비롯한 속가제자 무리도, 그들이 보고 있는 것은 하나였다.

그들의 머리를 질끈 동여맨 삼베 띠.

그들의 허리를 단단히 동여맨 삼베 천.

그들의 등에 매달린 검자루를 장식한 흰 수실.

매화검수의 대표로 대제자 송자건이 손괴 앞으로 나아가 고개를 조아렸다.

"다녀오겠습니다."

손괴는 송자건의 어깨를 어루만지며 고개를 끄덕였다.

"무사해야 한다."

"심려하지 마옵소서."

인사는 간단하고 짧았다.

하지만 송자건 등은 바로 출발하지 않고 이대와 삼대제자 들 앞으로 다가갔다.

그곳에는 사제들을 통솔하는 조세걸과 양소호가 아직도 불편한 몸을 하고서 서 있었다.

"조심해서 다녀오십시오."

"보중하소서."

송자건은 조세걸과 양소호의 조아리는 머리를 덥석 가슴 께로 끌어안았다.

평소 무뚝뚝하고 정을 표현하는 데 인색하기로 소문난 송자건 이런 행동을 보이자 오히려 뒤에 있던 동배의 사제들이 놀란 표정을 지었다.

"너희 몫까지 엄히 묻고 오마."

조세결과 양소호는 송자건의 말에 그만 울컥했다.

"화산이 왜 화산이냐."

송자건의 말에 조세결과 양소호가 소매로 눈물을 훔치며 동시에 답했다.

"화산이 왜 화산입니까."

송자건이 고개를 끄덕였다. 둘도 마주 고개를 끄덕였다.

그리고 화산파 일대제자 당대 매화검수가 단 한명도 빠짐 없이 화산을 내려갔다.

*   *   *

"호기는 가상하긴 하지만 남도련에 책임을 묻겠다니. 철부지 애들도 아니고 어찌 저러는지."

"흥! 진작에 했어야 할 행동인데 무슨 소리야?"

"뭐?"

"업신여김이라는 것을 왜 받는 줄 알아? 똑같이 약해빠졌어도 얕보이는 놈이 있고 그렇지 않은 놈이 있어. 힘이 있고 없고, 현실을 알고 모르고의 문제가 아니야."

"가문도 이끌어보지 못한 네 녀석이 뭘 안다고 지껄이느냐"

"뭐? 확! 그냥!"

"이놈이?"

서로 한마디도 지지 않고 으르렁대는 설매산장의 은씨 형제를 보며 이젠 다들 그러려니 했다.

하지만 홍화순과 백소령은 은호청보다 다소 가볍고 제멋대로인 것처럼 보였던 은호열을 가만히 보다가 희미하게 웃었다.

숙소로 돌아가는 길에 어린 꼬마들이 백소령에게 꼬박꼬박 아는 척 고개를 까딱거리는 것을 본 화소옥이 입술을 삐죽였다.

"언니는 요새 화산파에 머무는 게 편한 것 같다?"

"……!"

백소령이 움찔했다.

화소옥은 아무 생각 없이 한 말이었지만 그 말 자체는 백소령을 당황하게 만들기에 충분했기 때문이다.

그녀의 눈이 새삼 화산파 전경을 담았다.

지난 두 달여 동안 그녀도 그냥저냥 아무 의미 없이 보내진 않았다.

눈에 차지도 않고 얕보기만 하던 화산파의 이대제자들과 부지런히 검을 섞었고, 그 와중에 자신보다 어린 삼대제자들의 수련을 도와주기도 했으며, 무뚝뚝한 자신을 허물없이 따르는 청아원의 꼬마들과 틈틈이 놀아주기도 했다.

처음부터 그런 것은 아니었다. 태사조로 인해 화산에 강제로 유폐 아닌 유폐 신세가 된 후로 화산파 본산제자들과 살갑게 지낼 이유도 없었기에.

더구나 어려서부터 연화팔문에서 길러진 백소령은 화산파에 대한 반감이 상당 부분 존재했다.

백소령의 평소 차갑고 말을 아끼는 성격 또한 본산제자들로 하여금 가까이 다가가지 못하게 하는 것도 한몫했다.

그렇게 전혀 가까워질 기미가 보이지 않았던 것이, 화산파가 큰 변고와 슬픔을 겪은 그 한 달의 시간 동안 이리된 것이다.

비단 이는 백소령뿐만이 아니었다.

홍화순도 그랬고, 심지어 은씨 형제도 그랬으니까.

사교성이 타고나 처음부터 여우 짓을 하며 어리숙한 이대, 삼대제자들을 들었다 놨다 한 화소옥을 빼고는 모두 어느새 큰 변화를 겪고 있었다.

의외로 진전이 없는 건 바로 동병상련의 신세인 이들 사이였다.

여전히 같은 숙소에서 머물고 함께 식사를 하면서도 서로에게 일정 부분 이상 말을 걸지 않고, 관심도 가지지 않았으며, 대화도 별로 없는 것이 똑같았기 때문이다.

처음부터 좋은 감정이 없었던 화산파와는 오히려 가까워졌는데 아무 감정 없는 속가제자들끼리는 가까워지기가 쉽지 않으니 희한한 일이 아닐 수 없었다.

"그런데 요새 태사조님이 너무 안 보이시지?"

화소옥의 말에 가장 후미에서 뒤따르고 있던 홍화순이 움찔했다.

다행히 모두 딴생각하는 눈치인지 그런 홍화순을 발견하진 못했다.

시간이 지나고 화산에서 머무는 것이 많이 익숙해지긴 했어도 그들이 원하는 건 여전히 화산을 벗어나는 자유였다.

당연히 그들의 유일한 공통된 관심사는 검신 태사조, 염세악의 동태에 맞춰져 있다고 봐야했다.

그런 그들이 요즘 들어 도통 염세악의 모습을 보기가 힘드니 의아해하는 것도 무리는 아니었다.

"그런데 다들 아무 연락 안 왔어?"

"……?"

화소옥의 말에 모두가 밑도 끝도 없이 무슨 소리냐는 표정을 지었다.

화소옥이 미간을 찌푸렸다.

"정말, 이상하네. 이럴 리가 없는데."

계속해서 영문 모를 말만 하는 화소옥을 이상하게 봤지만 오직 홍화순만이 화소옥이 무엇을 두고 이상하다고 생각하는지 알고 있었기에 드디어 올 것이 왔구나 싶었다.

"그렇잖아? 검신 태사조님이 칠절패도를 때려 죽인 데다가 수급을 산문에 효수까지 했는데, 남도련이 가만히 있겠어? 무슨 사달이 벌어지든 벌어질 거 아니야?"

"……!"

그제야 자신들이 무엇을 까맣게 간과하고 있었는지 깨달은 듯 안색이 굳어졌다.

"돌아오라면 돌아오라, 거기서 결사항전으로 함께 싸워라 무슨 말이 있었어야 하지 않아? 집에서 말이야. 말이 안 되잖아? 이 판국에. 설마 이 사달이 난 걸 아무도 모를 리가 없고."

화소옥은 대충 얘기하는 것 같아도 아주 정확하게 핵심을 찌르고 있었다.

"뭐, 우리 아버지라면 보화전장의 안위를 위해서 무슨 수를 써서라도 화산파와 인연을 끊어 깔끔하게 마무리 지은 뒤에 돌아오라고 했겠지만. 근데 아무런 소식이 없다는 것이 아무래도 이상하단 말이야."

"……."

"……."

홍화순은 화소옥의 지적에 따라 다들 표정이 심상치 않게 변하는 것을 분명하게 확인했다.

그리고 이들에게만이라도 더 이상은 진상을 숨기고 미룰 수 없다는 판단을 내렸다.

"할 말이 있다."

"……!"

일행은 늘 별로 말이 없는 홍화순이 갑자기 앞으로 나서며 먼저 말을 꺼내자 별일이라는 듯 쳐다봤다.

홍화순은 침중한 표정으로 입을 뗐다.

"사실……."

처음 검신 태사조가 화산에 부재한다는 정보를 입수하게 된 경위부터 시작해서 지금까지 알게 된 모든 사실을 가감 없이 낱낱이 풀어놓았다.

천성적으로 감정의 기복이 없는 백소령도, 말 많은 화소옥도, 늘 투닥거리던 은씨 형제도.

홍화순에게 그동안에 있었던 경악할 사건들이 줄줄이 쏟아져 나오는 내내 너무 놀란 나머지 아무런 말도 못한 채 입만 벌리고 눈도 깜빡이지 못했다.

"태사조가 남도련을……!"

"그것도 단신으로 그 엄청난 일을 해내시다니……."

"맙소사? 아무리 문규에 관한 일이라지만 천진벽력당을 그렇게 막 멸문시켜도 되는 건가?"

은호열이 눈썹 하나를 찡그리며 잔뜩 인상을 찡그리더니 말했다.

"뭐야, 그럼? 남도련에게 책임을 묻겠다고 비장하게 하산한 매화검수들은?"

"……"

모두의 시선이 대답을 못하는 홍화순을 쳐다봤다.

백소령이 책망하듯 말했다.

"그전에 사실을 얘기했어야 해요. 숨긴다고 숨길 내용이 아니었습니다."

홍화순이 쓴웃음을 지으며 고개를 흔들었다. 그라고 그걸 몰랐겠는가.

"나로서도 어쩔 수가 없었습니다."

화소옥이 기묘한 눈빛으로 홍화순을 쳐다봤다.

"항주 무관의 자제치곤 수완이 놀랍군요. 어떻게 무려 한 달이 넘도록 화산으로 통하는 모든 정보와 사람을 차단하고 있었는지요."

"……"

그 또한 홍화순이 대답해 줄 수 있는 부분이 아니었다.

화소옥의 지적에 모두가 뒤늦게 이를 깨닫고 의구심이 가득한 표정으로 새삼 그를 바라봤다.

홍화순은 어차피 각오를 한 일이었기에 덤덤히 그 시선들을 받아넘겼다.

하지만 청방을, 나아가 흑회란 배경을 밝힐 생각은 추호도 없었다.

일대제자가 하산하고 며칠이 지나갔다.

백소령 등은 사문에서 온 연락을 전해받았다.

홍화순이 흑회의 힘으로 차단하는 것을 더 이상 유지하지 않았기 때문이다.

다만 그것은 그들과 화산파의 속가에 관련된 것에 한해서였지 전혀 관련이 없는 타인이나 외부 문파 세력들에 대해선 여전히 흑회의 보이지 않는 방해가 계속됐다.

"왔어! 왔어!"

화소옥이 손끝으로 산문을 가리키며 목소리를 높였다.

함께 있던 홍화순 등도 산문 아래를 응시했다.

실로 어마어마한 숫자의 인파가 산을 올라오고 있었다.

그들 모두가 화산파의 속가문인이었다.

사실 염세악이 벌인 행적과 신응담의 알려진 행적만으로도 이미 한달음에 이곳으로 달려왔을 그들이었지만 불손한 의도를 가진 세력의 침탈을 우려한 홍화순의 명으로 인해 흑회가 움직인 탓에 그동안 알게 모르게 지체를 하다가 명이 바뀌면서 한꺼번에 인파가 몰린 것이다.

남 일인 양 시큰둥하던 은호청 은호열 형제의 표정이 어느 순간 깜짝 놀라는 얼굴로 변했다.

"아버지!"

"아버님!"

한 무리를 이끌고 산문을 넘어 온 이들 맨 앞에 다른 누구도 아닌 설매산장의 장주 은목서가 있었기 때문이다.

그리고 이는 비단 설매산장의 은목서만 발걸음 한 것이 아니었다.

염세악의 소환령이 떨어졌을 때 이 핑계 저 핑계 대며 자식들을 보내거나 그도 아니면 명목상으로 집안의 가솔들을 대신 보냈던 이까지도 대부분이 이번에는 앞다퉈 직접 방문한 것이다.

第十章

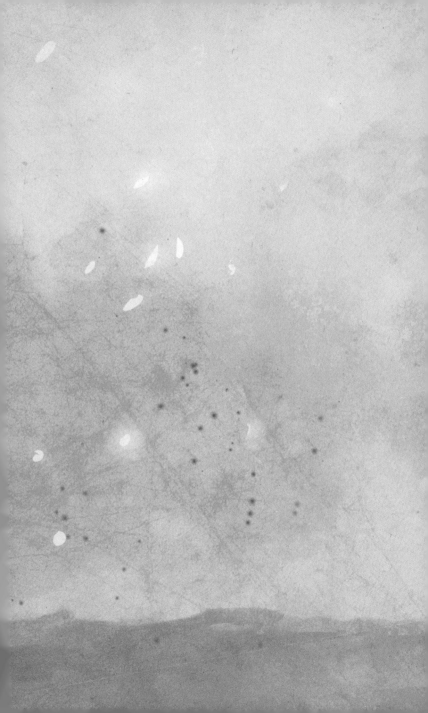

"자식을 둘이나 보내놓고 이제야 찾았습니다. 설매산장의 은목서라 합니다."

　설매산장의 장주 은목서는 황망한 얼굴로 장문인 진무를 향해 극진히 머리를 조아렸다.

　설매산장의 낙영십이산은 본산 무공에 견주어도 모자랄 것이 없는 절기로 유명했다.

　더구나 장주 은목서는 사자검(獅子劍)이란 별호와 함께 그 무명과 인망이 널리 알려진 인물이었다.

　화산의 속가라지만 결코 함부로 대할 수 없는 인물이 은목서이고 보니 진무는 이 상황이 다소 황당할 수밖에 없었다.

설매산장의 장주가 이렇게 많은 수의 무인을 대동하고 화산을 찾은 상황이 좀처럼 납득이 되질 않았다.

딱 봐도 설매산장 검수들과 복장부터 판이하게 다른 무리 여럿이 뒤편에서 쭈뼛거리고 있으니 자연스레 진무의 눈길이 그곳으로 향했다.

그 순간 진무와 눈이 슬쩍 마주친 중년 사내 하나가 소스라치게 놀라더니 앞서 있는 설매산장 검수들을 헤치고 미친 듯이 뛰쳐나왔다.

털썩!

"살려주십시오! 장문진인! 부디 해량방(海粱房)을 불쌍히 여겨주십시오."

"……!"

그게 끝이 아니었다.

뒤쪽에서 눈치만 보던 이들이 앞다투어 나와 청석 바닥에 무릎이 깨져라 꿇어앉았다.

"저희 구화문(九華門)은 진작 남도련을 탈퇴했습니다. 남도련이 사문인 화산파에 그런 무도한 짓을 저지를 줄은 정말 몰랐습니다! 부디 아량을 베풀어주십시오, 장문진인!"

"단양진가(丹陽眞家)는 남도련 근처에도 간 적이 없는 가문입니다. 그저 이름만 올렸을 뿐, 부덕한 제자의 죄를 엄히 다

스려 주십시오……."

진무는 물론이요 뒤로 시립한 장로들 모두 황당함에 입이
쩍 벌어졌다.

구화문과 단양진가가 속가제자 가문이긴 해도 이 정도로
고개를 숙일 처지는 아니었다. 그저 친교로써 그 자제들을 가
르치는 정도랄까.

더구나 해량방은 장문인 진무도, 대장로 손괴도 처음 들어
보는 곳이었다.

"장문진인! 설매산장이 그동안 화산의 큰 보살핌으로 적잖
은 인망을 얻을 수 있었습니다. 다들 같은 마음일 테니 부디
너그럽고 하해와 같은 마음으로 이들을 살펴주십시오."

설매산장의 장주 은목서가 다시 진무 앞에 극공의 예를 표
했다.

진무나 화산파의 입장에선 이 모든 것이 황당할 수밖에 없
는 상황이었다.

"허—! 대체 왜들 이러시나. 본 파가 대체 무얼 어쨌다
고……?"

진무의 입장에선 당연히 나올 법한 말이었다.

하지만 강남무림을 쑥대밭으로 만들어놓은 검신이 그 이
유가 오직 남도련 소속이라는 것 하나 때문에 그리했음을 알
기에 그들은 더더욱 용서를 구하고 살려달라 애걸복걸하지

않을 수 없었다.

"장문진인!"

"제발!"

"살려주십시오."

물론 은목서처럼, 화산파가 당금 무림의 태풍의 핵으로 떠올라 그 존재감이 판이하게 변화하자 이에 따라 발걸음 한 이의 수도 적잖이 많았다.

처음 골칫덩이인 두 아들이 검신 태사조의 진노를 사 본산에서 연금에 처해졌다는 소식을 들었을 때는 차라리 잘됐다고, 버릇이나 고쳤으면 하는 바람뿐이었다.

그러나 어느 날 갑자기 무림을 뒤집어놓은 사건의 중심 검신 태사조가 언급되자 은목서는 생각이 달라졌다.

"제 자식들을 검신께서 친히 돌보아주신다 들었습니다. 설매산장과 화산의 연이 실로 가볍지 않습니다."

화소옥이 은목서의 말을 들으며 코웃음을 쳤다.

이해득실에 천부적인 그녀의 눈에 빤히 그 의도가 보였기 때문이다.

그때, 산문 쪽에서 또 한 번 우르르 하는 소란과 함께 한 무리의 사람이 몰려들었다.

말을 하다 말고 진무의 눈이 돌아갔는데 그 표정이 묘하게 일그러졌다.

등짐을 한 보따리씩 지고 올라온 일꾼들이 산문 바깥으로 차곡차곡 짐을 쌓는 것이다.

그리고 화려한 녹빛 비단옷을 차려 입은 풍채 좋은 중년 사내가 걸어 들어왔다.

"아빠!"

이번에 놀라 소리친 이는 화소옥이었다.

태사조가 총림당의 살림살이를 맡긴 것을 다들 아니 그녀가 누군지도 알고, 그녀가 아빠라 부른 사람이 누군지도 단박에 깨달을 수 있었다.

천하 상권의 삼 할을 움직인다는 보화전장의 장주 금패(金霸) 화중악, 그가 직접 화산을 찾은 것이다.

앞서 온 설매산장이나 여전히 무릎을 꿇고 있는 세 문파도 무시할 수 없는 곳이지만 보화전장은 격이 다른 곳이다.

금패 화중악이면 북검회주 검성이나 남도련주 야도 정도 되는 이들도 손수 맞아야 할 거물 중에 거물, 태사조나 되니 오라 가라 하는 서찰을 보냈지 화산 장문의 위치로도 함부로 대할 수 없는 인물인 것이다.

그 화중악이 산문을 넘어 남천관 앞에 이르자마자 화산과 노도사들을 향해 너무도 정중히 읍을 했다.

"선대 어르신인 벽양산인(碧陽山人)으로부터 이양심공(理陽心功)과 분천십팔검(分天十八劍)을 사사해 가문의 시조가 된 화영곡 어른의 팔대손 화중악이 대화산파의 장문진인과 장로진인들께 인사 올립니다."

홍화순이 '인사 한번 거창하구나' 라고 작게 중얼거렸다.

"흐흠! 화 장주! 이러지 마시게. 예가 지나치면 없느니만 못하다 하지 않는가."

허리를 반으로 접고 고개를 들지 않는 화중악을 보며 진무가 오히려 당황해 입을 열었다.

"아빠……!"

그 모습에 오히려 화소옥이 더욱 놀란 상황이었다.

화중악이 고개를 들어 딸아이를 보더니 더없이 호방한 목소리를 내뱉었다.

"그래, 우리 소옥이. 네가 검신 태사조께 어여쁨을 받아 화산을 위해 불철주야 애쓴다는 소식에 이 아비는 너무나 자랑스럽구나."

"……"

순간 말문이 막힌 화소옥의 눈썹이 점점 위로 치켜 올라 갔다.

뭔가 있다는 것을 확신한 것이다.

매일 전장의 재앙덩어리란 말을 입에 달고 사는 아비가 이런 식으로 말을 할 리 없다는 걸 누구보다 잘 아는 것이다.

화중악이 재빠르게 화소옥의 눈을 피했다.

"장문진인! 제 여식이 부족한 부분도 있으나 이재에는 아주 밝습니다. 딸아이가 보화전장 대총관의 직함을 지닌 것은 알고 계시지요?"

"……."

"하하하하! 역시 알고들 계셨을 겁니다. 저희 장원은 앞으로도 화산의 속가를 위해 물심양면으로 도울 것이며 이쪽은 제가 준비한 작은 성의들입니다."

대상인답게 능수능란한 화술로 분위기를 주도하는 화중악, 그가 뒤편을 향해 눈짓을 하자 산문 밖에 대기하던 이들이 우르르 남천관으로 들어왔다.

어깨에 이고 머리에 진 짐짝들을 끝도 없이 쌓는 짐꾼들을 보며 화중악의 목소리가 점점 높아졌다.

"급히 오느라 우선 미곡은 삼백 섬만 챙겼습니다. 겨울을 난 뒤 넉넉히 보낼 것이고 또… 대괘복과 능라의를 만들 비단 이백 필과 본산제자분들의 옷감으로 쓸 무명 오백 필… 장문진인께 지병이 있단 이야길 들어 고려삼을 몇 뿌리 준비했습니다. 백년 근이 넘는 놈들이라 구하는 데 애를 좀 먹었습니다. 그리고 장로진인들께서 경전 읽으실 때 도움이 되라고 야명주를 몇 개 준비했는데, 이렇듯 헌앙하신 모습을 뵈오니 후일 처분하시어 살림에 보탬이 되셨으면 합니다."

남천관 한 귀퉁이에 하나둘 쌓이기 시작하는 재물들을 보며 화산파 도사들은 다들 입이 쩍 벌어질 수밖에 없었다.

이 정도면 십 년, 아니 족히 삼십 년은 걱정 없이 살아갈 만한 재물들이었다.

'아빠가 미쳤어? 야명주 한 알만 해도 얼만데?'

화소옥 마저 눈이 휘둥그레 떠졌다.

그럼에도 한 가지 확실히 아는 것은 자기 부친이 절대 손해 날 일은 벌이지 않는다는 것이었다.

'대체 왜?'

그때, 하나같이 말을 꺼내고 싶어도 눈치를 보며 못하던 말을 화중악이 자연스레 꺼냈다.

"검신 태사조님께서는 강남에서 언제쯤 돌아오실 요량인지 들으신 바가 있습니까?"

순간, 그의 말은 홍화순 등의 얼굴을 굳어버리게 만들었고 화산파의 장문인과 장로들을 당혹하게 만들었다.

"……!"

"그게 무슨……?"

*　　　*　　　*

야도가 돌아왔다.

그 하나의 소식이 강남무림을 묘한 긴장감으로 몰아갔다.

소문의 진위 여부도, 누가 처음 말을 전한 건지도 확실하지 않았으나 사람들은 이를 기정사실화했다.

여양종이 죽고, 곧이어 남도련의 총단이 괴멸당할 때도, 강남무림 전부가 남도련에서 탈퇴를 선언할 때도 모습도 드러내지 않고 종적도 묘연했던 야도가 이제 와서 사람들의 입에 오르내릴 이유가 없었기 때문이다.

사람들의 이목은 자연스레 아직까지도 섬서의 화산파로 돌아갔다는 말이 들리지 않는 검신의 행적에도 쏠렸다.

그 이유는 분명했다.

과연 검신과 야도는 충돌할 것인가.

사람들은 당연히 '필연적'이라고 생각했다.

애초 검신이 남도련, 나아가 강남무림을 쑥대밭으로 만들어놓은 건 화산파의 제자가 죽은 것 때문이었다.

일을 이 정도로 벌려놓았을 정도면 그 분노가 남도련의 수장인 야도를 치지 않은 채 순순히 화산으로 돌아가겠느냐 하는 생각들을 할 수밖에 없었다.

또한 아직까지도 화산으로 돌아가지 않고 강남땅을 떠돌고 있다는 사실이 그 증거라고 사람들은 떠들어댔다.

반면, 야도 입장에서도 검신을 피하지 않을 것이라는 게 당연한 중론이었다.

남도련의 수장으로서, 남도련을 해체한 검신과는 한 하늘을 이고 살 수 없는 원수가 된 것이나 다름없으니 말이다.

또한 검신은 남도련을 강제로 해체하는 과정에서 야도의 가문까지도 가차 없이 쓸어버렸다.

검신의 손에 희생양이 된 대부분의 가문이 당장 머물 곳이 없어 길바닥에서 노숙하거나 급한 대로 객잔에서 머무는 것이 대부분의 형편이니 아무리 본가와 데면데면한 사이라도 야도가 결코 그냥 좌시하지는 않을 것이라는 말들이었다.

그리고 사마군이 아직도 검신의 수중에 있다는 사실 때문에 야도가 언젠가는 검신 앞에 나타날 것이라는 예언을 한 자들도 있어왔다.

강호에 첫 출현했을 때부터 사람들과 섞이지 못하고 야인처럼 천하를 떠돈 그였지만 유독 사마군과는 친분이 두터웠기 때문이다.

성장 과정도, 성격도, 닮은 구석이라곤 눈곱만치도 없는 둘이 어떻게 마음이 맞아떨어졌는지가 지금까지도 무림인들에게 하나의 관심사였다.

어쨌든 둘의 대결은 피할 수 없다는 것이 기정사실이었다.

이 때문에 검신과 야도의 대결은 강남무림뿐만 아니라 전 강호인의 초미의 관심사로 떠올랐다.

"남도련도 지우고 할 일 다 하셨는데 이제 안 가실 겁니까요?"

육조의 물음에 염세악이 씁쓸한 미소를 지었다.

"간다, 가야지."

"언제쯤 가실 요량이십니까?

육조는 염세악이 꼭 갈 곳이 없는 사람마냥 아무런 이유도 없이 차일피일 귀로를 지체하는 것을 이상히 여겼다.

그렇다고 아직까지 볼 일이 남아 있어 어디 갈 곳을 정해둔 것도 아닌 눈치지 않은가.

염세악은 며칠째 비가 오는 바깥을 바라봤다.

문득, 과거 송자건 등이 장평의 스승에 대해 얘기해 주던 날이 떠올랐다.

'기 사숙이 피투성이로 산문을 나서며 이렇게 말했다고 합니다. 모든 것은 화산을 위해서였노라고. 항거할 수 없는 쇠락의 길로 접어드는 화산파를 다시 무림에 우뚝 서게 만들고 싶었노라고.'

'당시 기 사숙은 정말 무서웠습니다.'

'스승님께선 기 사숙이 힘에 대한 과도한 집착이 광기로 변질되면서 심마에 빠진 것 같다고 했습니다.'

'저희 중 몇몇의 사백과 사숙님은 그 자리에서 탈각하시거나 당시의 부상을 이기지 못하고 돌아가셨습니다.'

장평의 스승, 화산파에서 축출된 기 가라는 녀석은 쇠락하는 화산파를 일으켜 보려고 저 혼자 절치부심하다가 모두에게 상처를 가져오는 비극적인 결과를 가져왔다.

'나라고 그와 다르다 말할 수 있을까?

염세악은 힘을 가진 자는 그만큼의 책임이 따른다는 말이 지금처럼 아프게 느껴진 적이 없었다.

이 본신에 꿈틀거리는 힘을 믿고 소란을 떨지 않았더라면.

자신이라는 존재가 화산파에 없었더라면.

장평이 죽을 이유도, 그런 일이 애초에 생기지 않았을 수도 있으니까.

아니, 자신만 없었다면 그런 일은 일어나지 않았을 것이다.

북검회의 장 가라는 아이도, 남도련의 패도라는 녀석도 결국은 화산파가 아니라 한호의 가면을 쓴 자신을 떠보려고 온 것이니 말이다.

일을 다 벌여놓고 나니 모든 것이 차츰 후회가 됐다.

그저 처음엔 진무를 도와주려는 것에서 시작된 일이었다.

그러다 조금 더, 그러다 조금 더.

'화산의 아이들을 안타깝게 여긴 것이 아니라, 내 욕심에 그 일을 벌인 것이 아닐까?

그것이 진실인지, 아니면 자책감에서 비롯된 것인지 판단

서질 않았다.

화산을 있는 그대로 놔두었더라면 몸이 고단하고 좀 가난하더라도 큰 위험 없이 오순도순 평화롭게 살아갔을지도 모르니까.

염세악은 그것이 못내 괴로웠다.

왜 이렇게 쓰린지 모르겠다.

왜 이렇게 아픈지 모르겠다.

'내가 그렇게 정이 많았나? 아니다. 천하의 독불장군이 그럴 리가 있나?

진무와 평이 그놈들이 너무 빨리 다가온 것이다.

'…내가 어찌할 새도 없이.'

염세악은 피식 웃었다.

'어찌할 수도 없었겠지만…….'

이미 화산을 나설 때 염세악은 결심을 했었다.

'이제 염세악은 없다. 화산에도, 세상에도.'

버려야 할 때였다.

놓아야 할 때였다.

'이제 가야지…….'

다만.

어떻게 어떤 모습으로 가야 하는가라는 고민.

염세악은 육조를 불렀다.

"하명하실 일이라도."

"부탁이 있구나."

육조는 흠칫했다. 염세악의 목소리가 평소와 많이 달랐기 때문이다.

나이는 거꾸로 먹는 것이 아니다. 그것도 일생을 거의 다 산 노인이라면 더더욱.

염세악을 말없이 바라보던 육조가 공손히 머리를 조아렸다.

"검신께서는 하명하십시오. 어떤 명이든 따르오리다."

"야도를 데려올 수 있겠느냐?"

"……!"

육조의 표정이 굳어졌다.

야도가 돌아왔다는 소문이 떠들썩한 건 그들도 알고 저만치 떨어져 앉아 있는 사마군도 알고 있었다.

하지만 누구도 개의치 않았다. 심지어 사마군조차도.

사마군은 그 고초를 겪고 있으면서도 염세악의 신위에 기가 질려 진심으로 절대 찾지 말길 바랐다.

그래봐야 계란으로 바위 치기니까.

염세악은 전에 없이 진지한 표정으로 말 그대로 부탁을 했다.

"무음살왕의 능력이든, 사망림의 힘이든, 야도를 내 앞에 데려다줬으면 한다."

염세악은 육조의 대답을 기다리지 않았다. 그저 할 말을 다하고 난 뒤 다시 비오는 창밖으로 시선을 던졌으니까.

육조는 굳은 낯빛으로 한참 동안 염세악을 바라봤다.

"……."

잠시 후.

자리에서 일어난 육조가 염세악에게 허리 숙여 예를 올린 뒤 객잔을 나섰다.

*　　　*　　　*

화산파 일대제자들은 화산을 하산하는 순간부터 사람들에게 매화검수라는 호칭을 더 익숙하게 듣게 된다.

원래 매화검수라는 말은 화산파에 없는 말이었다.

단지 화산파 일대제자가 되면 매화검술이 경지에 올라 그것을 기념하고 그 증표로 소매에 매화문양이 새겨진 도포를 사문의 어른들로부터 하사받아 이를 명예롭게 여겼을 뿐이다.

그렇게 사문에서 인정받은 일대제자가 무림에 나와 활동하다 보니 세인들의 눈에 뜨이는 것은 당연했다.

그리고 그들을 알아볼 수 있는 가장 눈에 띄는 표식이 검은 도포의 소맷자락에 수놓아진 매화 문양이었다.

그래서 매화검수란 말이 생겨난 것이다.

하지만 이런 이야기도 이제는 오래된 옛이야기였다.

화산파의 이름은 사람들의 관심에서 멀어진 지 수십 년이 흘렀으며 매화검수란 말도 그저 뿌리 깊은 역사를 가진 이들의 옛 과거를 추억하는 말일 뿐이었다.

"매화검수다."

"그렇군."

호북 땅으로 진입한 후 성도 무한에서 송자건 이하 열두 명의 일대제자가 지나가는 것을 무인들이 저마다 길을 열어 비켜섰다.

화산파 제자.

매화검수.

작금의 무림에 이 두 가지보다 더 이목을 끄는 것이 있을까.

무림인들은 특히나 송자건 일행이 머리와 허리에 묶은 삼베 천과 검자루에 매단 백색 수실에 시선을 집중했다.

그리고 숨을 죽였다.

바보가 아닌 바에야 죽은 자를 위한 상복이며 그것을 애도하는 것임을 표하는 것을 모를 리가 없다.

그리고 그것이 누구를 위한 것인지는 이미 천하인 모두가 알고 있었다.

심지어 장평이란 이름까지.

하산 후, 송자건 일행은 근 며칠 동안의 노숙을 피해 오랜만에 씻고 요기를 하고자 객잔에 들렀다.

객잔 안은 각양각색의 출신이 다른 자들이 무리 지어 와자하니 시끌시끌했다.

송자건 일행은 주위를 둘러본 후 창가를 제외하곤 유일하게 빈 중앙으로 갔다.

순간 송자건 일행의 등장을 뒤늦게 눈치챈 무림인들이 언제 그랬냐는 듯 쥐 죽은 듯이 조용해졌다.

송자건 일행은 그런 것에 신경 쓰지 않고 탁자 세 개를 붙여 자리를 만든 뒤 허기를 채울 음식과 칼칼한 목을 씻어낼 차를 주문했다.

주문한 음식과 차가 나오고 삼청에 기도드린 후 막 식사를 시작했을 때, 객잔에 있던 무리 중 가장 험악한 인상에 얼굴이며 드러난 몸에 빼곡한 흉터가 가득한 철탑 거구의 사내가 뚜벅뚜벅 걸어왔다.

송자건 일행은 위압감을 주는 사내의 접근에 은연중 만일의 대비를 했다.

일행 앞까지 다가온 사내가 손에 든 술 항아리를 일행의 탁자 한가운데 거칠게 내려놓았다.

탕.

술 항아리가 무거울 리는 없고 어찌나 거칠게 내려치듯 내려놓았는지 일행의 식탁이 들썩이며 접시들이 와르르 몸살을 앓았다.

성질 급한 윤기와 송연덕이 뭐라고 한마디 하려는 순간, 사내가 솥뚜껑만 한 손을 모아 포권의 예로 허리를 숙였다.

"······!"

예상치 못한 상황에 당황한 송자건 등이 뒤늦게 자리에서 일어나 분분히 그에게 답례의 포권을 마주해 보였다.

사내는 허리를 숙인 채 포권한 손을 풀지 않고 잠시 그대로 있었다.

그리고 잠깐의 시간이 흐른 후 사내가 손을 펴고 자세를 바로한 뒤 송자건 일행들에게 말했다.

"삼가 고인의 명복을 비오."

뜻밖에도 장평의 명복을 빌어주는 생면부지의 무림인의 말에 송자건 일행은 크게 감격했다.

"사형······."

그때, 반운산이 송자건의 소매를 잡아당기며 곁눈질로 주변을 가리켰다.

순간 송자건뿐만 아니라 모든 매화검수가 주변을 돌아보며 눈시울을 붉혔다.

그 시끌시끌하고 꽉 찬 객잔의 모든 자리에 앉아 있던 무림인이 모두 말없이 자신들을 향해 포권의 예로 묵념을 하고 있었던 것이다.

송자건과 일행은 정말 진심으로 감복하여 사방으로 마주 포권의 답례를 올리며 몇 번이고 고마움을 전했다.

번화한 성도에 들러 이런 일을 처음으로 겪은 매화검수들은 가슴이 뭉클해질 정도로 감격하지 않을 수 없었다.

하지만 그것으로 끝이 아니었다.

남도련이 있는 장사 쪽으로 남하를 거듭할수록 마주치는 모든 무림인으로부터 장평의 명복과 화산파의 안녕을 비는 인사를 수도 없이 받은 것이다.

배에 오르면 먼저 와 있던 무림인들이 일어나 매화검수와 죽은 장평에 대한 어김없는 예를 올렸다. 객잔에서 먹을 것을 주문하든, 잠 잘 곳을 위해 객방을 구하든, 어딜 가나 양보를 받았다.

안면이나 교류가 전혀 없는 방파의 지역에 들어가도 아무도 시비를 걸어오지 않았으며 심지어 분쟁이 한창인 곳을 지나야 할 때는 그들 스스로가 싸움을 멈추고 길을 열었다.

강남무림을 절단 내놓은 염세악이 화산파의 검신으로 알려졌으니 실상은 화산파 하면 강남무림이 좋은 감정으로 보지 않아야 하는 것이 정상이었다.

하지만 염세악의 행위는 큰 지탄을 받지 않았다.

오히려 한참이나 어린 사손의 억울한 죽음을 위하여 은거를 깨고 나와 남도련을 지우는 것을 두고 칭송이 자자할 정도였다.

이런 반응은 자연스레 일대제자들에게로 옮겨졌다.

더구나 그들이 머리와 허리, 검자루에 죽은 이의 명복을 비는 매듭을 표하자 더욱 조심스레 대했던 것이다.

그리고 그들은 얼마 지나지 않아 까맣게 모르고 있던 진상을 뒤늦게 접해 크게 놀라고 당황했다.

남도련은 이미 해체됐고 이를 행한 이는 자신들의 태사조였다.

그리고 침정궁주 신웅담 장로가 여양종과 내통한 천진벽력당을 멸문하고 육기헌은 이미 참했으며 아직까지도 요동과 화북을 떠돌면서 문호를 정리하고 있다는 얘기까지.

일대제자 중 극히 일부가 남도련이 없어졌으니 다시 사문으로 돌아가자는 말을 꺼냈지만 받아들여지지 않았다.

대부분의 일대제자는 하루속히 태사조를 배알하여 그동안 자신들의 어리석음을 뉘우치고 죄를 청해야 하는 것이라고 여겼기 때문이다.

결국 매화검수들은 애초의 목표를 수정해 염세악을 찾아나섰다.

그리고 그때 즈음 일대제자들은 염세악을 어렵지 않게 찾아낼 수 있었다.

온 무림에 염세악이 어디 있는지 소문이 났기 때문이다.

소문의 내용은 간단했다.

'검신은 대별산 백마첨봉에서 야도를 기다리노라.'

이 소문은 비단 송자건 일행뿐만 아니라 강호 전역의 무림인의 대이동을 가져왔다.

검신과 야도.

그들이 다툰다.

일세에 다시없을 초고수들의 대결을 보기 위함이었다.

*   *   *

사방이 험준하기 이를 데 없는 깎아지른 절벽과 계곡 사이로 완만한 야산 언덕이 봉곳이 솟아나 있었다.

그 중턱에서 염세악은 멀리 뾰족이 솟은 봉우리를 응시했다.

야도에게 일전의 장소로 지목한 백마첨봉이다.

"태사조님!"

"태사조님!"

뒷짐을 진 채 자신의 마지막을 장식할 백마첨봉을 한없이 바라보고 있던 염세악은 익숙한 목소리에 고개를 돌렸다.

그리운 얼굴들을 본 염세악이 빙그레 웃었다.

"왔구나."

"태사조님!"

화산의 일대제자들이 앞다퉈 염세악을 향해 달려가는 것을 보며 그들을 이곳까지 인도한 무음살왕 육조는 조용히 자리를 물렸다.

물론 사마군도 잊지 않았다.

염세악은 송자건부터 차례대로 달려와 무릎을 꿇는 것을 지켜봤다.

"태사조님을 뵈옵니다!"

일제히 인사를 올리는 그들을 향해 염세악은 일일이 어깨를 두들겨 주었다.

"오긴 왔구나. 끝까지 안 오면 어쩌나 했는데."

염세악의 말에 송자건 일행은 하나같이 죄스러운 표정을 감추지 못했다.

이제는 그 말이 무슨 의미인지 잘 알고 있는 까닭이다.

그리고 염세악은 묻지 않았지만 일대제자들이 여기까지 온 순간 이미 그들이 지난날의 그들이 아님을 알고 있었다.

송자건이 먹먹한 가슴을 진심으로 담아 읍소했다.

"태사조님, 화산파 일대제자로서 어리석고 미련한 저희를 벌하여 주옵소서!"

염세악은 고개를 저었다.

"아니다."

"태사조님!"

한가닥 근심이 그들이었음인가.

염세악은 이제 완전히 편안해진 표정으로 입을 열었다.

"내가 너희에게 알려주고 싶었던 것은 바로 이런 모습이었다. 하지만 남이 말해줘 무엇하겠느냐? 스스로 알지 못하면 아무 소용이 없다."

송자건 일행은 염세악의 가르침에 조용히 귀를 기울였다.

"소림은 소림이다, 라는 말이 왜 생겨났겠느냐? 무림이 생겨난 이래 환란이 닥치면 가장 먼저 피해를 보고 사찰이 불타 제자들이 다 죽거나 뿔뿔이 흩어지길 골백번도 더 한 곳이 소림이니라. 하지만 그들은 여전히 숭산에, 무림에, 뿌리 깊이 내려 거인으로서 숨 쉬고 있다."

"……"

"그들은 자신이 소림임을 잊지 않고 그것을 증명하는 데 두려워하지 않았기 때문이다. 자신이 누구인지 증명하는 것을 두려워한다면 어찌 소림이라 할 수 있었겠느냐."

염세악은 한마디 한마디에 진심을 담아 자신의 진의가 그들의 가슴속 깊이 전해지길 바랐다.

"사천의 당문은 그저 못이나 좀 던지고 독 좀 쓰는 일개 가문에 불과하다. 하지만 무림에선 누구도 당문을 업신여기지 않는다. 천하패업을 다투는 자들도 굳이 당문을 건드리려는 자는 없었다."

사실이 그랬다. 당문이란 글자에 고개를 내젓지 않는 자가 없으니.

"왜냐? 당문의 지독함 때문이다. 너희도 들어봤을 것이다. 은혜는 열 배로 보은하고 복수는 백 배로 응징한다."

어찌 모를 수가 있겠는가. 당문의 저 가법은 무림의 유명한 고언으로 회자될 정도였다.

"당문에 칼을 들었다가 피 보지 않은 이가 없다. 당문의 가인도 아닌 하인 하나가 죽은 일을 가지고 멸문을 당한 방파도 있다. 그들이 그렇게까지 한 이유가 무엇이냐? 그 하인의 복수를 위해서? 복수를 위해 당문의 전 문인이 모두 나선 것이냐?"

"⋯⋯."

"아니다. 하인이 죽임을 당한 것은 당문이 죽임을 당한 것과 같다. 당문이 업신여김을 받은 것이니까. 장평은 스스로가 부족한 줄 알면서도 어찌해서 마지막 순간까지 검을 포기하지 않았느냐."

장평이란 말이 나오는 순간 염세악도 일대제자들도 파르르 턱밑이 경련했다.

"화산이기 때문이다. 화산이 업신여김 당하는 것을 두고 볼 수 없기에 물러서지 않은 것이다. 평이는 그것을 지키기 위해 죽었다. 마땅히 살아남은 우리는 무얼 해야겠느냐?"

"……."

"나는 그것을 말해주고 싶었다."

염세악이 작은 한숨으로 그토록 하고 싶었던 말을 마무리 지었을 때, 일대제자들은 엎드린 채 소리 죽여 울었다.

염세악은 그들이 울도록 그대로 놔두었다.

지금 흘리는 눈물은 부끄러운 것이 아니기에.

그래야만 세월이 지나도 잊거나 무감각해지지 않기에.

염세악은 멀리 북쪽 하늘에서 대단히 잘 갈무리된 잠재된 기운을 가진 이가 다가오는 것을 느꼈다.

"이제 갈 때가 됐구나."

"……!"

염세악의 뇌까림에 송자건이 해연히 놀라 고개를 번쩍 치켜들었다.

"태사조님?"

"태사조님!"

염세악은 손을 들어 그들의 움직임을 제지했다.

"아무도 따라오지 말거라. 이는 태사조로서의 명이니라."

"하지만……."

염세악은 손가락을 백마첨봉을 가리켰다.

"쉽게 끝나지 않을 것이다. 끝까지 지켜봐 다오."

그리고 염세악은 그들의 젖은 눈빛을 안타깝게 뿌리치며 백마첨봉을 향해 곧장 날아갔다.

순식간에 대별산 최고봉인 백마첨봉에 날아 내린 염세악은 주변을 돌아봤다.

정상에서 아래를 보니 어스름한 안개가 에워싸듯 피어오르는 것이 제법 산에 운치가 있어 보였다.

그때 대단히 잘 갈무리된 기운의 주인이 멀리서 점으로 나타나며 빠르게 다가오고 있었다.

새처럼 훨훨 날아 날아오는 것이 마치 구름을 밟고 달려오는 것 같았다.

휘— 이— 익!

점차 사람의 형상을 띠며 가까워져 오는 자로부터 전설의 봉새가 우는 듯한 휘파람 소리가 들려왔다.

염세악은 휘파람 소리가 봉우리를 휘어 감았다가 바위와 골짜기를 타고 내려가 지축을 진동하며 천지를 뒤흔들자 얼굴색이 굳어졌다.

그리고 어느 순간 염세악의 앞에 낡은 폐립을 눌러쓴 마의인이 내려섰다.

"야도……."

염세악의 뇌까림에 폐립인이 고개를 끄덕였다.

낡아 헤지고 듬성듬성해진 폐립 사이로 언뜻언뜻 보이는

야도의 외모는 강인해 보였다.

그는 어떠한 말도 없이 바로 어깨에 걸친 도를 들어 염세악을 향해 겨눴다.

흔들림 없는 자신감이요, 꺼지지 않는 투지가 느껴졌다.

절로 주먹이 쥐어졌다.

염세악은 야도를 보며 씁쓸히 웃었다.

갑자기 옛일이 떠오른 것이다.

거지로 살아가던 자신을 거지로 보지 않고 자식처럼 아꼈으며 당신이 가진 모든 것을 전해준 사부.

종사 원승결.

하늘을 가르고 땅을 뒤집어 천하인을 놀라게 할 능력이 있으면서도 한평생 몸에 지닌 이술을 밖으로 내보이지 않고 그저 무명초자(無名樵子:이름 없는 나무꾼)에 만족하셨다.

어느 날 당신의 분신 같은 애병을 손에서 놓더니 먼지가 끼고 녹이 슬어도 방치할 뿐 더 이상 눈길도 주지 않을뿐더러 스스로를 단련도 하지 않자 안타까운 마음에 말했다.

'사부님, 오래고 낡아서 그렇습니까? 새것으로 구해올까요?'

스승은 웃으며 고개를 저었다.

'하면, 기력이 쇠해지셨습니까?'

스승은 또 고개를 가로저었다. 그리고 빙그레 미소를 지으며 말했다.

'오래된 칼은 녹슬어서 쓸 수 없는 게 아니라 다만 물러날 때가 왔음을 알기 때문이니라.'

쿠콰콰콰콰쾅!

"……!"

송자건 일행과 육조, 사마군은 천지가 개벽하듯 백마첨평이 무너져 내리는 것을 보며 두 눈을 찢어져라 부릅떴다.

"태사조─!"

"검신 어른─!"

백마첨평이 박살 나는 것을 본 건 비단 그들뿐만이 아니었다.

무림 최강의 반열에 오른 절대자 야도와 백 년 전의 전설, 검신의 대결을 보기 위해 먹고 자는 것도 걸러가며 온 이가 수백을 헤아렸기 때문이다.

쿠콰콰콰콰콰쾅!

콰콰콰콰콰쾅! 쿠─ 아─ 앙!

하늘을 찌를 듯 솟은 백마첨평의 정상에서 거대한 폭발이 끝없이 계속됐다.

멀리서 구경하던 이들은 발밑에 느껴지는 지축의 진동이 작렬할 때마다 백마첨평이 눈앞에서 그 모양이 점차 바뀌어 가는 것을 목격하고 있었다.

우르르르르르르릉.

"......!"

이제까지와는 전혀 격이 다른 충격파가 하늘과 땅을 흔들었다.

순간.

콰! 지지지지직! 꾸콰콰콰콰콰쾅! 콰아아아앙!

거대하다라고 표현해도 부족한 어마어마한 대폭발이 일어났다.

어지간히 간담과 능력을 갖춘 이들조차 귓속이 울리는 이명과 함께 비틀거리다 땅 위로 쓰러졌다.

화산파의 일대제자들은 마지막 순간까지 태사조를 외치며 울부짖었지만 그마저도 거대한 폭발과 혼돈의 도가니에서 파묻혀 휩쓸리고 말았다.

*   *   *

한천 연경산이 건재할 때도.

그 전대의 절대자들인 무림삼성의 시대 때도.

사람들은 입을 모아 말했다.

그런 공전절후의 대결투는 없었다고.

검신과 야도, 두 초인의 대결은 그렇게 직접 목격한 사람들의 입에서 입으로 퍼져 나갔다.

가히 신인들의 싸움이었으며 하늘에서 내려온 천장들의 대결이었다고.

하늘이 무너지고, 땅이 쪼개지고, 산봉우리 하나가 없어졌다고 한다.

그리고 모든 이가 궁금해한 대결의 결과는 많은 이를 안타깝게 만들었다.

동귀어진(同歸於盡)

천지가 놀랄 힘을 지닌 두 절대자의 싸움은 결국 어느 한쪽의 우세도 남기지 않은 채 시신조차 남기지 못하고 먼지가 되어 사라졌다.

당시 최후의 접전에서 검신과 야도가 천공의 끝으로 솟아올라 정면으로 충돌한 뒤 눈부신 빛과 함께 찢어진 옷 조각 몇 개만이 너울거리며 떨어지는 것을 수백 명이 목격했기 때문이다.

그렇게 검신과 야도의 대결은 무림사에 잊지 못할 한 귀퉁이를 장식하며 끝을 맺었다.

삐그덕. 삐그덕.

경사진 길을 따라 올라가는 우마차가 힘에 겨운 듯 앓는 소리를 냈다.

마차를 끄는 소는 보기 드문 흰 털인 데다 마차 또한 실로 범상치 않은 모습이라 마차 안에 대단한 인물이 타고 있는 듯했다.

하지만 애초부터 마차가 가기에는 무리인 경사진 길이었다.

아무리 좋은 우마인들 그것이 맞지 않는다면 무슨 소용이 있으랴.

사람이 걷는 속도보다 느려졌지만 그래도 마차는 고집스럽게 산 위를 올라갔다.

그리고 마침내 경사가 완만해진 곳에서 마차가 멈춰 섰다.

"워―!"

마차가 멈춰서고 초립을 눌러쓴 마부가 소를 멈춰 세웠다.

덜컥.

문이 열리고 학사풍의 중년인이 내린 뒤, 손을 들어 마차 안쪽으로 내밀자 여우 털에 몸을 감싼 가냘픈 인형이 마차 밖으로 모습을 드러냈다.

한편, 마차가 멈춰선 산문에선 몇몇 인물이 아무 말 없이 이를 바라보고 있었다.

마차에서 내린 여인이 털모자를 뒤로 젖히자 실로 천상의 선녀 같은 아름다운 얼굴이 나타났다.

"이곳이 화산파군요."

"그렇습니다, 아가씨. 화산파 산문입니다."

공손히 머리를 조아리며 대답하는 자.

선비 차림의 머리를 조아리던 자가 산문 앞에 서 있는 무리에게로 다가갔다.

"서 모라 하오."

마주한 백발도인이 도호를 읊었다.

"무량수불. 빈도는 손괴라 합니다."

화산파 대장로 손괴였다.

서 모라고 밝힌 남자는 그가 화산파의 대장로라는 것을 알고 있음에도 이를 아는 척하지 않았다.

서씨 남자가 손괴를 향해 말했다.

"귀파를 방문코자 오늘 아침 배첩을 보냈소만."

"배첩은 받았으나 본 파의 사정상 손님을 받기 어려울뿐더러 너무 촉박히 보내 불가하다는 답을 드릴 틈이 없었습니다."

손괴의 대답은 서 모라는 중년인의 표정을 싸늘하게 만들었다.

그리고 그가 말했다.

"노도장, 이 행차는 용천장의 주인께서 행차하신 걸음이
오."

"……."

서 모라 밝힌 자는 용천장의 서 총관이었다.

그리고 마차에서 내려 이를 관망하고 있는 여인은 바로 천
하제일세 용천장의 주인 연산홍이었다.

연산홍이 고요한 발걸음으로 다가와 서 총관에게 일렀다.

"총관, 객의 입장으로 언성을 높이지 마세요. 예가 아닙니
다."

"송구하옵니다, 아가씨."

고개를 끄덕인 연산홍이 손괴를 향해 시선을 돌렸다.

"용천장의 연산홍입니다. 길을 여세요. 나는 화산으로 들
어가겠습니다."

"……."

손괴는 가만히 연산홍의 차가운 눈을 직시했다. 서 총관에
이어 연산홍의 무례함에 노할 만도 하거늘 손괴뿐만 아니라
그 뒤의 화산파 제자들도 전혀 감정의 변화를 보이지 않았다.

그때 손괴가 연산홍에게서 시선을 떼지 않은 채 말했다.

"몸을 똑바로 하고, 고개를 숙여라."

"……!"

"이곳은 화산이다."

화산에 오를 수 있는 초입.

청년이라고 하기엔 앳되고 소년이라고 하기엔 조금 큰 십육칠 세 정도의 소년이 경쾌한 발걸음으로 성큼성큼 걸음을 내디뎠다.

그리고 그 뒤를 특이하게 다 헤어진 마의에 낡은 파립을 쓴 자가 따르고 있었는데 그의 어깨에는 둔중해 보이는 넓적한 도가 척 하니 걸쳐져 있었다.

소년이 고개를 꺾어 화산 위쪽을 쳐다봤다.

"그냥 확 날아갈까?"

고개를 돌려 파립인을 쳐다봤지만 돌아오는 대답은 없었다.

"에이! 무뚝뚝한 놈."

구시렁댄 소년이 혀를 차며 결국 비탈진 산길을 밟고 오르기 시작했다.

파립인은 말없이 그런 소년의 뒤를 따랐다.

산문이 가까워 올 무렵, 소년이 잠시 튀어나온 바위를 딛고 서서 산하를 내려다 봤다.

그래봐야 땅에 피어난 잡초도 보일 만큼 겨우 좁쌀만큼 산을 오른 것에 불과한 높이였다.

소년은 오래전 스승이 했던 말을 떠올렸다.

'오래된 칼은 녹슬어서 쓸 수 없는 게 아니라 다만 물러날 때가 왔음을 알기 때문이니라.'

　피식.

　소년이 웃는 얼굴로 마치 제 몸을 처음 보는 양, 팔다리와 탱탱한 살의 탄력을 감상하며 말했다.

　"칼이 오래됐으면 바꾸면 되지 뭐ㅡ! 반로환동은 놔뒀다 엿 바꿔 먹나?"

　그런 소년의 정수리로 차가운 무언가가 떨어져 내렸다.

　"응?"

　하늘에서 점점이 떨어지는 새하얀 꽃.

　"눈이다."

　소년은 손바닥을 펴 떨어지는 눈을 쳐다봤다.

　첫눈이었다.

『마 in 화산』 4권에 계속…

이제부터 전자책은

이젠북

www.ezenbook.co.kr

◈ 새로운 세계가 열린다! ◈

한백림 『천잠비룡포』	천중화 『그레이트 원』
좌백 『천마군림』	송진용 『몽검마도』
현대백수 『간웅』	김석진 『더블』
김정률 『아나크레온』	백연 『생사결─영정호우』
임준후 『켈베로스』	예가음 『신병이기』
진산 『화분, 용의 나라』	남운 『개방학사』

이름만 들어도 황홀할 정도의 별들의 향연!

이들의 "유료연재"가 시작됩니다!

검색창에 **이젠북** 을 쳐보세요! ▼ Q

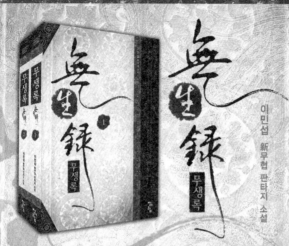

이민섭 新무협 판타지 소설

죽지 못하는 자는 살지 못하는 것과 같다.
그래서 그는 스스로를 무생(無生)이라 부른다.

은퇴한 기인들의 마을, 득도촌
그곳에서 가장 기이한 자는…
은거기인들마저 놀라게 하는 한 명의 청년

"그 무엇도 궁금해하지 말 것!"

부엌칼로 태산을 가르고,
곡괭이질로 산을 뚫는 자, 무생!

흘러 들어온 남궁가의 인연으로,
죽지 못해서 살아온 그가
이제 죽기 위해 무림으로 나선다.

살지 못한 자가 비로소 살게 되었을 때
천하가 오롯이 그의 것이 되리라!

FUSION FANTASTIC STORY
천성민 장편 소설

짐승의 규칙

『무결도왕』, 『다크로드 블리츠』
천성민 작가의 신간!

짐승의 규칙

살아야만 했다.
나를 위해 희생당한 부모님을 위해.
복수를 위해.

죽어야만 했다.
내가 살기 위해 타인의 목숨을.

그렇게……
나는 짐승이 되었다.

Book Publishing CHUNGEORAM

이충민 판타지 장편 소설

Mighty Warrior
영웅병사

복수를 다짐한 소년 병사,
붉은 제국을 향해 깃발을 세운다.

영웅병사,

평온한 유년 시절을 보내던 비첼,
어느 날, 붉은 제국의 깃발 아래에 사랑하는 가족을 빼앗기고 만다.

"도끼··· 도끼라면 다룰 줄 압니다."

병사가 되고자 참가한 전쟁에서 소년은 점점 영웅이 되어 간다!

쓰러져가는 아버지의 등을 억하며,
아직 어린 소년으로서 도끼를 들고 붉은 제국과 싸우 위해 일어선다.

제국과의 전쟁에 스스로 뛰어든 소년,
병사, 비첼 악센트,
이것이 영웅 탄생의 서장이다!

Book Publishing CHUNGEORAM

WWW.chungeoram.com

FANTASTIC ORIENTAL HEROES

도검 新무협 판타지 소설

新刀無魂

패도무혼

최대 장르문학 사이트 문피아,
최단기간 100만 조회수 돌파!
전체 선호작 베스트! 골든베스트 1위!
2013년 하반기 최고의 기대작!

「패도무혼」

정파의 하늘 천하영웅맹의 그림자 흑영대.
그곳에 흑영대 최강의 사내
흑수라 철혼이 있다.

"저들은 뭔가 대단한 착각을 하고 있다.
…개떼는 목숨을 걸어도 개떼일 뿐……"

난 맹수들을 잡아먹는 포식자, 흑수라다.

눈가의 붉은 상흔이 꿈틀거릴 때,
피와 목숨을 아귀처럼 씹어 먹는 괴물
흑수라가 강림한다!

Book Publishing CHUNGEORAM